DEERBOOK
鹿 书

黑暗降临

The Lights go Down

[德] 艾瑞卡·曼 著

ERIKA MANN

罗原 译

WUHAN UNIVERSITY PRESS
武汉大学出版社

图书在版编目（CIP）数据

黑暗降临 /（德）艾瑞卡·曼著；罗原译 .—武汉：武汉
大学出版社，2020.5（2020.12 重印）
ISBN 978-7-307-21082-0

Ⅰ.黑… Ⅱ.①艾… ②罗… Ⅲ.纪实小说—德国—
现代 Ⅳ.I516.45

中国版本图书馆 CIP 数据核字（2019）第 172358 号

责任编辑：赵 金　　　装帧设计：彭振威
插画：John O'Hara Cosgrave

出版发行：武汉大学出版社（430072 武昌 珞珈山）
　　　　　（电子邮箱：cbs22@whu.edu.cn 网址：www.wdp.com.cn）
印刷：武汉市金港印务有限公司
开本：889×1194　1/32　　印张：8.5　　字数：156 千字
版次：2020 年 5 月第 1 版　　2020 年 12 月第 2 次印刷
ISBN 978-7-307-21082-0　　定价：49.00 元

目 录

在我们的城市中, 生活仍在继续。老集市广场, 它中间那座在德国其他
地方也处处可见的骑士塑像, 连同那些环绕四周的涂了油漆的房子, 都
已一成不变地经历了若干世纪。对一个普通游客来说, 他所看到的是
一幅平静而迷人的景象。

城 市

　　一个陌生人在城中游荡。这城里的人他一个也不认识，也完全不知道这些街道都通向哪里。他顺着窄窄的贝尔街往前走，不知不觉就来到了有骑士塑像且四周环绕着尖顶房屋的老集市广场。他在这儿感到了一种慵懒的美，四周万籁寂静，可现在才晚上九点半，这种感受多少有些奇怪。唯一能听到的是悬挂在所有窗口上的红旗在微风中猎猎作响。有一只狗在什么地方吠叫，抑或是一个男人的声音通过扩音器从远处传来？

　　陌生人在骑士塑像的基座上坐着，抬起头看着夜空。十月的夜晚是清冽的。对面街角有一家小商店，橱窗里能看到一些彩色的圣像，在月光下泛着银色的光。除此以外，整个广场几乎漆黑一片。街上的电弧灯都已熄灭，也可能根本就没有打开过。旅途中的喧闹似乎还没有褪尽，不断地出发和到达使人紧张而疲惫,然而此刻,他沉入了深深的静谧之中。

这就是德国啊。他心里这样想着。这就是他们的生活,这些德国的老城,充满甜蜜和神奇。而昨天在柏林完全是另外一幅景象。在那里你感受到的是工业巨大的脉动。精力充沛、永不疲倦的人们使夜晚如同白昼,让这块土地从战败的灾难中走出来,恢复当年的力量和崇高地位。柏林看起来生气勃勃,人声鼎沸,饭馆里坐满了笑声四起的顾客,看不到有谁忧心忡忡。根本看不到任何恐惧!陌生人愤怒地摇摇头:那些喋喋不休的宣传真是让人讨厌,还有那些关于"专制下的暴力"的不负责任的蠢话简直是胡说八道。这个希特勒干得不错,既然我们没有觉得德国人不堪重负,那就说明他让他们做出的牺牲并不是太多。这些红旗看上去真可爱啊。那家卖圣像的小店也挂了一面万字旗。这儿真不错!虽然没什么事儿可干,但我还是要在这儿住上两三天。空气真新鲜,好像是直接从山上吹来的。实际上,山离得不远,一两个小时就能到。啊,现在终于有人来了,步伐整齐。他们是士兵吗?在月光下巡逻?

两名身穿合身黑色制服、体格健壮的冲锋队员从集市街大步走了过来,穿过广场走近陌生人。陌生人没有动,安静地坐在基座上。

"嗨尔,希特勒!"他们喊道,站在了陌生人面前。

"嗨尔,希特勒!"陌生人回应道。他本来想学着他们行举手礼，但最后一刻突然觉得有些不好意思，又把手收了回来。

"向希特勒致敬要站起来！"其中一个命令道。

陌生人服从地站了起来。

"嗨尔，希特勒！"两名冲锋队员伸出胳膊，又喊了一次。

这一次陌生人伸出了他的右手。

"你在这儿干什么？"刚才命令他站起来的那个冲锋队员问道。

"不干什么。"

"不干什么？"冲锋队员轻蔑地反问道，"别装傻，你知道我在说什么。我问你为什么不去听广播！城里的扩音器不够多吗？"

"听广播？"陌生人困惑地耸耸肩膀，"扩音器？"

两个冲锋队员现在听出了他的外国口音。

"对不起，我们刚才不知道你是外国人。我们今晚值班，负责检查是否有人没在听元首讲话。所有的德国人在元首讲话时必须而且应该收听。当然，这不包括外国人，请你原谅我们。"

陌生人笑了笑："如果知道是希特勒先生在发表讲话，我肯定会去听呢。"他又向这两个已经平静下来的冲锋队员问道："请告诉我，如果我真的是德国人而在这里被你们查到，接下来会怎么样呢？"

一个冲锋队员耸耸肩膀。

"光是这件事也不会怎样。我们会把你带回总部,让你在那里收听。然后给你一个警告,放你回家。受到这类警告当然不是什么好事。在这之后只要再发生很小的一件事,比如说有人怀疑你并且举报你,你就完了,得进集中营!而且——"

先前发问的那个冲锋队员似乎不能容忍这位比他年轻的同志如此泄露内部消息,于是很粗暴地插进来打断了他。

"够了!集中营不关这位先生的事。再次请你原谅!嗨尔,希特勒!"

他俩一齐磕响鞋后跟,向后转身,然后大踏步地离开了。在卖圣像的小店前他们停了一下。陌生人听到他们在笑,年轻的声音在广场呼啸而过。随后,他们的脚步声逐渐远去,广场重归寂静。

"真遗憾,"陌生人心里想着,"我应该去听演说的。"

似乎有些什么东西悄悄地爬进他的脑子里,搅乱了他的心情。这两个半大男孩儿相貌英俊,举止得体,但是和他们的偶遇还是有一丝阴影。他们站在那个小店的前面笑什么呢?他走过去想看看究竟。小店的橱窗上贴了一张告示,刚才在远处没有看到。告示上写着:

"公害!帝国需要的是士兵,不是只会祷告的修女!打倒伪君子!他们是人民的敌人!牧师们滚蛋!希特勒万岁!"

陌生人读着告示,感到愤怒且令人厌恶。接下来他决定接受一个判断,即这样的无赖和恶棍行为可能在别处也会有。

全世界的年轻人都会干蠢事。在我自己的国家年轻人吞下活着的金鱼。相比之下，我们也好不到哪儿去。但是那两个冲锋队员为什么不揭掉这张告示呢？也许因为他们也太年轻了，觉得好玩吧。不管怎样，我可不能让这张告示破坏了我的心情并且毁掉我对这个可爱小城的好印象。他打了个寒战，心想，现在去喝一杯白兰地应该正是时候。

贝尔街上一家小酒馆里充斥着扬声器传来的咆哮声。有几个面前放着啤酒杯的顾客正在静静地聆听他们的元首发表演说。为什么他老是在恶狠狠地诅咒呢？陌生人暗想。他意识到演讲者正在谈的是关于"第三帝国"的经济扩张，而谈论这个题目原本不需要如此激动和愤怒。去年有多少人入住德国的酒店？德国的工厂生产了多少卷纸？有多少人去了山区野营？麦克风后面的那个人一直在大声地叫骂出每一个数字，似乎要用他的声音把听众碾成碎片。

柜台后面，店主大声打了个哈欠。德国白兰地喝起来就像加了香料的酒精，而陌生人面前的那块面包只是一块潮乎乎的灰色面团。

一个顾客问："你们有鸡蛋吗？"

"没有，但是有《人民观察家报》！"

"七十七万零八百四十个产业工人。"收音机里的人还在咆哮着。

拿到了报纸而不是鸡蛋的那位顾客站起来打了个哈欠，

伸伸懒腰，又低头看了看表，说："已经一个半小时了，还一个字都没提到咱们在苏台德德意志的兄弟们呢。"

陌生人暗想，这是怎么了？这里的人似乎并没有什么真正的热情。这些巴伐利亚人真是冷漠，麻木无情而且沉闷乏味；他们是不会掩饰自己的热情的。

角落里炉子旁边有个小女孩正在低头写着什么。

"明天她要考试，所以现在必须把听到的记下来然后背熟，要不明天就得受罚。"店主说。

那孩子问："刚才说的是多少个产业工人？"

可是没有人回答。

演说终于结束了。元首发完了脾气，纳粹党党歌也放完了，但是陌生人坐着没动，想看看演说起了什么作用，也想再跟店主聊聊。店主看上去像是一个好脾气的人，坚硬的八字胡让人想到一头海豹，但是他血色十足的脸上那双清澈的眼睛说着生动的人类语言。店主不大讲话，别的客人也不大讲话，没人对元首的演说发表任何评论。

一个女人问他的丈夫："你看见教堂上挂着的标语了吗？我数了数，至少挂了八条标语，光是熊街上就有五条。"

男人点了点头，诡秘地龇着牙：

"完全不拿他们当回事呀！专门挂在那些有'不得悬挂标语'标识的教堂上。"

他拍了一下桌子来加强他的愤怒，但不知为什么，陌生人觉得他心里其实很高兴。

"真是目中无人啊。"他又说了一次，给店主递了一道快乐的眼神。

天色已晚，客人渐渐散去。陌生人仍然不想走，还想再多知道点什么。

"这城里有多少人啊？"他想找个话茬儿跟店主聊天。

"十二万人。"店主回答，"但是有五分之一的家庭没有住房。我们的住房很少，但军营有的是。"看到陌生人皱起了眉头，店主赶忙补充道："当然这没太大关系，只是暂时的，直到我们完成重整军备。理所当然，军用建筑应该优先。政治第一，私人生活第二。"

"五分之一的家庭？你怎么能知道得这么确切？"

店主把他沉重的身躯向柜台外又多靠过来一些。他说，最初是他已经结了婚的儿子一家住在他这儿，因为他们找不到房子。

"然后，"他的蓝眼睛友好地一瞥，"我看了报纸。城里有两万一千个家庭，只有一万七千个家庭有自己的房子。当然，没有房子的人都很不好受，但这是一种自私和短视。现如今大家都必须变得聪明一点，要明白政治的需要。"

"这地方真美。我是第一次来这座城市，我喜欢这里。"

店主嚼着他的八字胡，搓着双手表示满意。"尤其是今天，有那么多旗子。"

陌生人再一次察觉到店主的话有些言不由衷。"教堂上的标语"和那家圣像店外面贴的告示在他的脑子里挥之不去。

这时门开了，走进来一个女人。

她看上去五十几岁，身材粗壮，穿着一件军用夹克、灰色裤子，脚蹬一双长及膝盖的橡胶靴。

"防空员来啦！"店主招呼着，一边回头向厨房里喊道："给我们祖国的保卫者来一杯热茶！""你这会儿就是想好好喝一杯热茶，是吧，莫克斯太太？"

"那还用说！"莫克斯太太答应着，"这鬼天气，我都快冻死了。"

女人在柜台前挨着陌生人坐下，嘴里已经在开始说起她的演习了。

"今天是第七号，入秋以来第七次演习。"

店主鼓励地在她肩上拍了拍。

"祝贺你啊，已经七次了，到明年1月1日就一共十次了，还剩三次。你一定能坚持住，莫克斯太太。"

"谁知道呢。不管怎么说，这次时间没有平时那么长，因为元首讲话用了很长时间。我们本来以为为了让大家收听元首演说他们会取消演习呢。反正一切顺利。虽然差不多直到午夜才开始。"

陌生人招呼结账。莫克斯太太怀疑地看了他一眼，一边用茶勺狠狠地搅拌着自己那杯茶。

"这位先生是外国人，第一次来咱们这儿。他很喜欢咱们的小城。当然他来得也正是时候，天气好极了，且一切都好。"店主说。

"哦。"女人的眼神变得友好了一些，"这么说你是外面来的？"

她不再说什么了，但是让人感觉她还想再问点或者再说点什么。陌生人鼓励地点点头，巴不得回答她更多的问题。但是她又转过去和店主说话了。

"你知道我嫂子出什么事了吗？她真倒霉。本来得了一点小病，大概是感冒吧，没什么大不了，但是她没去参加今晚的演习。结果就剩我们三个人冒着寒风在外面拖那根死沉的橡皮水管去接水泵。"

陌生人觉得倒霉的是这个女人，而不是她的嫂子，因为她们在寒风里拖水管的时候她嫂子正舒服地躺在床上。但是店主却知道是怎么回事。

"上帝啊！真倒霉透了！第七次没参加，现在她得从头再来一遍，太可怕了。"

莫克斯太太沮丧地摇摇头。

"关键是她身体并不怎么强壮，年龄也不小了，下个月就五十七岁了。现在她得重来一遍，今天的第七次没参加，前六次就不算了。要是白天还算好，可是白天还要忙好多其他的事，这样的演习只能在夜里，可是夜里光是冷就够她受的，不生病才怪呢。"

陌生人在台子上放了一张钞票。真够受的，他心想，一个五十七岁的女人，真够受的！不过也可能只有这样才能让民众知道一旦打仗了应该怎么办。再说了，也许这种演习还挺好玩的呢。你看这位莫克斯太太，她看上去兴高采烈的；而且，平时到野外远足不也是又冷又累吗？

女人像是猜到了他在想什么似的继续说道："虽然如此，我可是全身心地投入演习。我得让你知道。"她转向陌生人："还有你，先生，你也应该知道，这样你写报道的时候用得着。"

陌生人说："写报道？我不是记者。"

"我怎么知道你是干什么的！"女人接着说，"万一你哪天要写一份报道，不管什么样的，记住我是百分之百地支持元首，一点不打折扣。你们在伦敦也有防空演习吗？"她突然发问。

陌生人解释说他是美国人，从未经历过防空演习。据他所知，伦敦是有防空演习的，但他不觉得那里的演习会如此严酷。

"在伦敦如果一个五十八岁的女人正好生病，我相信她不会因此而被罚参加更多的演习。"

这下莫克斯太太生气了。

"你们就是这样！"她大叫起来，"民主国家的人一点纪律性都没有！我们的宣传部长说过，他惊诧民主国家的人简直就是一群滑稽可笑的冬烘先生。但是我得说，他们从骨子里烂透了。参加这点防空演习能把我的嫂子怎么样？就算她因此着凉，就算她因此得肺炎死了，这样的死对我们的国家有什么害处？这是一个战士的死，和其他战士的死一样，活着的人想到他们会感到骄傲！"

陌生人心里很清楚，此时此刻这个莫克斯太太说的是心里话。她的脑子里装了一堆什么乱七八糟的啊，这个可怜的女人，陌生人暗想。她说起话来颠三倒四，一会儿大发牢骚，怨天尤人，一会儿又"百分之百站在元首一边"。真可笑。一开始她对我充满警惕，生怕我抓住她说的什么话"报道"出去，后来又把自己说成一个真正的理想主义者。那个店主也一样，这会儿一边摸着他的八字胡，一边附和着说：

"对不起，先生，但是莫克斯太太是对的。自由主义的民主已经过时了。这个世界现在属于优等民族。"

这位陌生人，尽管也算是和这位店主申德胡贝尔先生以及那位穿着制服的莫克斯太太同属"优等民族"，后者的宽颧骨相当明显地显示出她的斯拉夫血统，但此时他并不愿意挑起争论。

"不管怎么说，你们的元首取得了相当大的成就。"他说，"要是他能放弃对其他国家咄咄逼人的态度——"他说到这里顿了一下，把原来想说的一些话，例如对犹太人的迫害，咽了回去。"如果他只是想维护和平，那当然没有人会因为任何事而反对他。"

莫克斯太太这下子变得更加热血沸腾，而且咄咄逼人："我们被包围了，我们必须有能力保护自己。"

店主的脸上又恢复了狡黠的表情。他向柜台靠过来，对陌生人小声嘀咕道："你看到我们新的金属工厂了吗？没错，就是河对岸那个宏伟的建筑。你知道他们在生产什么吗？军火？上帝饶恕你！他们在生产和平天使，除了漂亮的闪闪发光的和平天使没有别的。"

刚才过去的半个小时店主一直在喝威士忌，一杯接着一杯，陌生人觉得他已经醉了。再说已经很晚了，他起身准备离开。

"嗨尔，希特勒！"他说，一边糊弄地伸了一下手臂。

"嗨尔，希特勒！"莫克斯太太像弹簧一样从凳子上跳起来回应道。

但是店主只说了句："祝您晚上过得愉快！"

然后他一仰头又干了一杯。

外面的天变得阴沉起来，雨下得不大但是雨丝很密，街道湿漉漉地闪着光。集市广场的电车站黑压压的都是等车的人。有几辆出租车停在那儿，但显然没人打算坐。陌生人决定坐电车回去，这样也许可以对当地人再多一点了解。那个店主和莫克斯太太让他感到很困惑。他在寒风中打着哆嗦，等了差不多十分钟。

电车来了，人群像逃命一样不顾一切地往上冲。男人把女人挤下去，一个妈妈挤上了车，她的孩子却没上去，被一大堆胳膊和腿淹没了，孩子大声哭喊起来。陌生人使劲挤进去抓起那个小女孩，把她举过那些正在拼命推搡着的人群头顶，终于把孩子递到了妈妈的手里，那个妈妈正站在那儿急得拧着双手。电车开动了，一群人紧抓着扶手，拥挤在外踏板上。

走回去吗？可是天气越来越坏，而且他开始觉得有些不舒服，脑子里一团乱麻。他打了个手势，一辆出租车立刻开了过来。

"帝国饭店，谢谢。"陌生人说。

"以前叫巴伐利亚饭店。"出租车司机说，语气听上去好像在责怪陌生人把旅馆的名字改了。

一路上司机不断地回过头来说话，汽车在狭窄弯曲的街道上风驰电掣，陌生人的心跳到了嗓子眼：这个司机能不能把好方向盘，别老顾着说话！

"没挤上电车？"司机坏笑着问道，"没关系没关系，你只要叫个出租车去巴伐利亚饭店就行了。但是本地人就惨了。我们过去有一百一十二辆电车，数量刚刚好，但是现在只有六十二辆。旧的车报废了，但是没有足够的材料造新的。所有的原材料都必须用来生产和平天使。"（又是和平天使！）"再说，我们也没有足够的电车司机，现在连这六十二辆破车的司机都不够。这些司机老得加班加点，都快忙疯了。你能想象车里挤得连司机都没地方落脚吗？要是赶上有什么活动就更惨了，比如元首要发表演说，所有的人都要在同一个时间从有扬声器的地方回去，这时电车里就像疯人院。但是没人坐出租车，只有有钱人坐得起，可他们有自己的奔驰轿车。"

陌生人扬了扬眉毛，说道："我们纽约地铁也一样挤得要命，但是我们并不抱怨。"

出租司机踩着油门开始加速，眼前的路又宽又直，但是柏油路面相当湿滑，陌生人真希望自己已经到家。

"您说不抱怨？谁会在乎我们抱怨不抱怨？只要不打仗我们就谢天谢地了。您说会打仗吗？"司机回过头来问道，同时车子还是发疯一样地往前冲着，"您觉得英国人会跟我们打仗吗？"

陌生人答道："没人想打仗。世界上所有的人都非常尊重德国。"

司机叹了口气。这并不是他想要的答案。

"我有三个孩子，而我每天都在担心自己会被'清理'。'被清理！'您知道这意味着什么吗？城里像我这样的司机太多了，可是汽油不够。而他们需要往西线派送更多的工人。我随时可能被派去那里修工事，远离家人。但我只想留在家，不离开我的城市。情况再差我也能忍，只要别让我离开老婆孩子就行。我不是普鲁士人，也不是修工事的工人，我是一个巴伐利亚的出租车司机！"

陌生人心想：真神奇，这个人说得太直白了。这最起码能证明人们敢说话。这个人怎么知道我不会去举报他？很明显他并不害怕这个严厉的政府。车停了，陌生人付了车钱，还给了很大方的一笔小费。

"多谢了！我刚才可能说得太多了，请不要和任何人说我刚才说过的话。有时候你需要有地方发泄一下，要不就要憋炸啦！如果乘客是个外国人，说说就不要紧。当然你真的要去报告，我就完了，但是你不会，因为他们把我抓起来对你没什么好处。自己的同胞就不一样了，他们会因此得到提升或者奖励。但是外国人不会！"

陌生人肯定地摇摇头。

"我一个字也不会说出去，而且我在这里也没人可说。但是我给你一个小小的建议，别把事情想得太坏，这些都是暂时的。一两年以后，所有这些，严格的限制，艰难的日子，去西线修工事，都会过去的。"

"你真的这么想？"司机显得既高兴又害怕，"你真的相信？"

陌生人点点头。

"祝你好运！"他又说了一句，然后走进了饭店的旋转门。

在楼上，他俯瞰着宽阔的主街。许多窗户仍然透出灯光。这就是他们，这个城市的居民们。如果今天晚上陌生人的所见所闻具有典型性，那就说明这些居民脑子里的想法有些奇怪和混乱。确实与众不同，他暗想。你能在德国报纸上读到的东西都非常简单明确。元首的意愿是铲除犹太人和共产主义。这一切当然不那么美好，但是如果这是为了民众的利益，就可能是必须付出的那一部分代价。此外，人民在热爱祖国和复兴祖国的号召下团结起来。而且，显然这个曾经被羞辱的骄傲民族重拾了自己的尊严。最重要的是，这个国家消除了失业，年轻人正健康快乐地成长着；而这些公民，在共和国时代，无法表达自己的意愿也无法发挥自治能力，如今却可以感到这个大获成功的政府的强大力量。事实上，我们这些生活在民主自由制度下的人之所以对这一切都缺乏好感，是因为我们根本不得要领。除此以外，帝国的扩张肯定威胁到了我们的利益，但从德国的立场来看，他们觉得自己的要求也应该得到满足，而且整体而言，他们得到了。

　　雨停了。残留的云在夜空中构成一幅幅形状奇异的图案，有几颗星星闪烁着惨白的光。这座城市！这座美丽的、古老的城市，它从山区吹来的风，它涂了油漆的房子，它勤奋的、充满希望的、笑着的、骂着的、开着玩笑的、体面的居民们！如果真的有一件隐身衣，我希望能穿上它进到他们的家中，看看男人们如何工作，女人们如何做家务。不知道那个小女孩明天早上会不会在学校背诵元首的讲话来讨得老师的欢心，而那个生产"和平天使"的制造商——他肯定不会因为生产这个而赚钱——会不会感到愉快和满足。明天,离开这里之前,我一定要再去看看那个有圣像的小商店和那张丑恶的告示。没错!我明天就走,越早越好。说到底,我并没有隐身衣,所以再多待几天,几个星期,甚至几个月,还是无法真正了解这座城市。毫无疑问,这是一座美丽的城市,我喜欢德国,我替德国人喜欢他们的国家。但是这个世界上不是只有我们,而是有各种不同的人,每个人都应该按照自己的信念而生活。

他睡着了,做了一个在几个不同的层面上交织着的混乱的梦:有一只狗大声地叫出一些数字,而且显得非常愤怒;一个非同一般、体格巨大的老妇人手握一根消防水喉;一个穿着制服的出租车司机在一个工事的坑里站着,刚好露出下巴,子弹正从他的头上嗖嗖飞过。他的眼前出现了一个神话般的小山村,只有小孩玩具般大小,但是一只巨大的手突然出现并盖住了它。这只手扯着一块红布,布上浮现出一个黑色的、肥大的、如塑胶一般的、令人生畏的卐字,随后卐字渐渐变成了一个问号。那条狗又在狂吠那些数字了……

陌生人把头埋进枕头里,在梦中呻吟着。

广场的一侧有一个小商店。在明亮的橱窗里,可以看到一幅宁谧的哥特式圣母像。圣母静静地抬起双手,祝福着从她前面经过的人们。

第一章

"一个错误导致的后果……"

　　玛丽的愿望是当一个教师。这个年轻姑娘的父母在集市广场开了一家小商店，经营《圣经》、宗教读物、圣像和画。但是他们的小生意"不符合时代的要求"，所以只能勉强度日。他们终日生活在恐惧中，担心他们的小商店有一天会"被强令停业"——但即便是在眼前，也随时有可能受到年轻的纳粹分子的羞辱甚至攻击。

　　玛丽本来想上一所教师培训学校，但这所学校不久前停止招收女生，何时恢复还要等"另行通知"。除此以外，玛丽此时还必须完成一个称为"责任年"的服役，更何况她也付不起培训学校的学费。玛丽和父母商量了很久，还和掌控无上权力的劳工局进行了交谈，最后她被分配到普法夫家做保姆。这一家有四个孩子，身材瘦小的玛丽本来希望得到一个不这么辛苦且工资高一点的职务。这样的工作其实不少，而当家庭保姆的实际上并不多。当收到劳工局发给她的"服役通知"，并且像一个士兵被分配到战斗部队那样被分配到普法夫家做保姆的时候，玛丽感到非常震惊。她一个月的薪水将会是二十二马克，只相当于七美元，而她的工作不仅需要做饭，照顾四个孩子，做家庭缝纫，还要打扫整个屋子。除此之外，她还要在晚上为国家社会党妇女组织服务。

"我能去一个更好的地方吗?"玛丽问道，她看见自己的材料正消失在抽屉里，"我的意思是，我能自己选择吗?"

劳工局的官员是一个严厉但还不算有敌意的骨骼粗大的女人，她咧开嘴笑了笑:"没门儿。"然后，一边说着一边推给玛丽一张报纸，好像是用这张报纸来交换玛丽那叠整理好的材料似的。

玛丽看到头条标题:"头等大事岂容儿戏"。头几行字就已经可以很清楚地看出，这篇文章是专门针对她，针对玛丽这样即将成为家庭保姆的人的。她瞥了一眼报纸的名字，顿时感到一股恐怖的阴冷，《黑色军团报》。她明白任何威胁或者警告只要登在这份报纸上，都会带有无可争议的权威性。黑色军团，是希特勒的精锐部队，身穿黑色制服，永远充满坚定和自信。每一项法律或者法令发布前一个月，黑色军团都会事先知道。实际上他们岂止知道，而分明是在操纵这些法令的形成。如果《黑色军团报》上提出什么要求，或者"暴露"了某些"不当行为"，那毫无疑问，这些要求会得到满足，而"不当行为"会被取缔。

玛丽看报纸上写道："家庭保姆问题关系到我国人口政策的成功，并最终和我国人民的未来紧密相关，需运用有关的法律和法令加以制约。"

玛丽暗忖："保姆问题和国家有什么相关？"她接着往下看。这篇文章的大意是：一些女孩子不愿意在那些工资少得可怜但有很多孩子需要照看的人家当保姆。而如果孩子多的家庭找不到保姆，他们就不愿意再生更多的孩子，这将会威胁到国家利益。报纸上接着写道："一般的措施不能解决问题，因为我们面对的是国家紧急状态，一旦失误后果极为严重。"接下来又有两三条黑体字标题："回避问题不能解决问题"，以及"是时候采取果断措施了"。玛丽读道：国家严重缺少受过教育的劳动力，所以必须"强力干预"。对于那些"道德败坏者""没有责任感的人"，即那些为了工作轻松和好收入变换自己工作岗位的人，魏玛治安法庭最近的一个判决就是一个"有力的警告"：一个蓄意离开自己工作岗位的女孩被判入狱两个月。"我们为这一判决叫好，因为我们决不允许个人自由威胁到我们的人口政策。"

玛丽已经吓得说不出话来，把报纸还给了那位劳动局女官员。

"看到了吗，姑娘？入狱两个月。现在是国家紧急状态。你愿意去普法夫家吗？"

玛丽点点头："是的，当然。"

回到家里，玛丽渐渐从震惊中恢复过来。她想，这没什么不好，我喜欢工作。为期一年的"实习"对我今后的职业生涯有好处，对我的婚后生活也有好处。

说到结婚，玛丽已经有了具体的计划。她和一个小伙子订了婚。小伙子的父亲以前是工人，现在已经升到工长。小伙子自己的愿望是当一个律师。他晚上在他父亲工作的炼铁厂干活，白天学习律师考试的初级课程。玛丽喜欢她的彼得，觉得他勤奋，有勇气，能坚持，面对各种情况都能保持乐观和幽默。不用说，彼得属于民族社会主义大学生联盟，玛丽已经退出了德意志少女联盟而加入了民族社会主义妇女联盟。尽管如此，他俩都有理由对纳粹党有些抱怨，因为几乎没有时间可以留给他们单独相处，或者做一些自己喜欢的事。当他们想约会、读本书或者学习时，总是不得不参加各种训练，或者学习"世界局势"，或者做某些义务劳动。好不容易到了星期天，他们想一块儿到山里徒步旅行，但是又会有各种必须参加的类似于"军事体育"的项目把他们分开。

玛丽是虔诚的天主教徒。从小时候起她就喜欢盯着她父母商店橱窗里的各种圣像雕塑和绘画作品看，而且喜欢听父亲给她讲《圣经》里的故事。那些故事经过她父亲的讲述都变得栩栩如生。但由于彼得是一个激进的爱国者和国社党员，玛丽一直都在努力使自己适应新的形势，并且总能使自己从思想到行动都符合纳粹的要求和命令。无论如何，和她的未婚夫一样，玛丽对未来充满期望。但即使是彼得，也会偶尔产生疑问。比如最近帝国学生机构的领导人正在计划把律师课程的学制从三年缩短到仅仅一年。[i]

"果真如此，我们就太疲于奔命了。"彼得说，"你想想，一年之内你需要不断地完成党的各种任务，再加上四个星期的野外训练，还能有多少时间学习呢？当然，考试的时候会给我们党员出比较容易的题，但是如果想成为一个好的律师，你必须学很多东西。有时候我想想就觉得害怕——"他说到这儿的时候玛丽真的觉得他是被吓着了。"我将来会变成一个用爱国热情补贴专业知识的人。唉，走着看吧。"他不愿意再说下去了，于是问问玛丽在普法夫家工作得怎么样。

"他家也没什么值得羡慕的，"玛丽说，"四个孩子，一个月两百马克。但是你知道，普法夫先生是政府官员，所以好像也不能少于四个孩子。"

彼得一下子变得强硬起来，他对玛丽说："天啊，你这么说好像什么都不懂似的，你觉得咱们的领导人一直坚持要让每个家庭多生孩子是说着玩的吗？"

玛丽温柔地用双手搂着他的脖子。"而你呢，你这样说话好像你是个黑色军团的军官，而不是那个只属于我一个人的

---

i "律师培训不足的问题相当普遍。这说明现行的三年学制很难满足全面培养一个法律人才的实际需要。" 1939 年 1 月 22 日《黑色军团报》。

亲爱的彼得。"

彼得挣脱了玛丽的双手。"不，不，这是严肃的问题。再说了，你很清楚我不是只属于你，我也属于咱们的国家，而且是第一位的。说到普法夫家，他们只是在尽自己的义务。希姆莱有一次说过：'每一个健康的德国人，如果不在 25 岁到 35 岁之间为德国的未来贡献四到五个孩子就是对他的人民犯下了严重的罪行。'"

玛丽笑着问道："你都背下来了？"

彼得开始在屋里来回踱步，好像是在教室里讲课，他回答道："我都写下来了，因为这跟法律差不多。别忘了我是一个律师，将来也会是一个父亲。"他说这话的时候没有丝毫温情，但也没有特别生硬。

玛丽虽然为她未婚夫年轻的热情所感动，但是仍然感到背后一阵发凉。"我没有别的意思，只是说一个月两百马克抚养四个孩子并不容易。"

这下彼得几乎生起气来，他大叫道："'孩子的问题首先根本不是经济问题。'这话不是我说的，是希姆莱在同一次发言中说的。不管你喜不喜欢，他的话我就是背下来了。他还说：'我们祖先的时代几乎每个父母都有很多孩子，难道他们想过生养这么多孩子会剥夺他们的某些快乐吗？什么"一个人无力供养四五个孩子"，都是懦夫的借口。这样的意见不只是不诚实的和反社会的，更是邪恶的、自私的，其实就是企图通过放弃社会责任来提高自己的生活水平，而这将导致吞噬和滥用本该属于子孙后代的财富。'"

彼得一直迈着大步来回走着。玛丽本可以提出很多反驳，比如她可以说：我们的生活水平已经很低了，尤其是最近几年，可以说是在直线下降，想让它升高一点绝不是什么"邪恶"、"自私"和"反社会"。然而，难道我们是真想通过少生一些孩子来提高我们的生活水平吗？不，不，我们只是不想被迫遵照希姆莱要让我们生至少四五个孩子而让我们的生活水平继续下降，直到堕入深渊。这些话本来玛丽是可以说的，但是她根本就没有往那儿想过。

也许因为玛丽多多少少熟悉希姆莱的思想。和其他重要思想一样，希姆莱的话都会出现在《黑色军团报》上。对于那些"不听从自然的召唤"而不生四个以上孩子的人，希姆莱的用词是民族的"叛徒和罪犯"。有意思的是，他补充说："总而言之，那些想在正确的思想和行动上作出表率的人应该看到，这个关系到我们民族存亡的危险已经超出了词语所能表达的范围。"[i]

玛丽叹了一口气，摇摇头。在德国很容易就成了国家的叛徒。她想，也许普法夫先生是对的，也许生四个孩子且又能得到那么好的照顾总比"拒绝自然的强烈召唤"要好，虽然那只

---

i 党卫军最高领导人希姆莱的指示。见 1939 年 5 月 11 日《黑色军团报》。

是希姆莱的召唤。

但她也忍住了没有说。现在彼得已经平静了一些。他坐在扶手椅上舒展了一下他的长腿。"好了玛丽,别担心。你到底不喜欢他们家什么呢?"他接下来有些自豪地说,"咱们能挺过去,等我完成了学业,自己开业当律师。"

玛丽点点头。

"吃的东西越来越差,有的时候我都不知道用什么来做饭。"玛丽说着笑了笑,"你想知道吗?昨天我去购物,但是很不幸,商店里没有黄油,没有鸡蛋,也没有面粉。我一样一样地问店主,他的回答都是'没有'。最后他说:'听着,姑娘,别再烦我了。你到底是要买东西还是要跟我谈政治?'然后他说有一种新的麦片粉,应该很好,但是我并不需要。"

彼得有点不安:"真的,玛丽,你得小心。你应该知道在商店里不要谈政治。"

玛丽还在笑。

"听我说,难道这个就是他们所谓的谈政治吗?——"

彼得转换了话题。他问玛丽普法夫家的孩子们怎么样,还问玛丽是不是已经学会照顾孩子了。

"小弗里茨生病了,老是哭,脸上老是长难看的皮疹。医生说是因为吃了人造黄油,所以他也没办法。"

彼得皱了皱眉头:"胡说!不会是因为人造黄油。可能你给他吃了什么不对的东西吧。"

彼得和玛丽都穿着制服，那天晚上他们都有任务。

玛丽说："我得打起精神来了。前天有两场长跑比赛我都得了最后一名。我敢保证我们的组长已经很厌恶我了。"

彼得自己非常擅长运动，当天晚上他一直很严肃。"是啊，打起精神来吧，这样就不会有那么多抱怨了。"

接下来的几天玛丽还是不好过。她后背疼，不想吃东西。不仅如此，在普法夫家的日子也很难受，不光是小弗里茨生病和哭闹，普法夫先生也因为工作太过繁忙而变得容易发怒，再加上难吃的饭菜，让他对家里的每个人都大喊大叫。普法夫太太也哭了。昨天玛丽试着做了一个土豆泥和一个用橘皮做的面包布丁，因为没有肉也没有水果。更要命的是，普法夫一家可能会失去自己的住处，因为党组织要征用这栋楼。所以普法夫先生现在还要用仅有的一点休息时间四处寻找新的住处。组织给了他一份城里犹太人的住宅清单，如果他看上了哪个房子或者公寓，那家犹太人就得把房子让出来。这件事让普法夫先生觉得非常苦恼。

"就算他们是犹太人，我也不想把他们轰到大街上去。我都成什么了！像个小贩一样挨家挨户地去犹太人家。"

玛丽觉得普法夫先生用不着这样想。他和玛丽都清楚，犹太人是次等的，凭什么普法夫先生这样优秀的德国人要搬出自己的家而不是这些犹太人搬？这件事也让她感到不快和低落。那天晚上的跳远练习玛丽又不及格，组长又一次冲着她大喊大叫。她决定第二天去看医生，看看医生有什么办法。她的组长推荐了年轻的基林格大夫。

她说："他是咱们党内的同志，在市医院当第一副院长，但是只在下午出门诊。我想他能帮你。"

看完这位党内同志基林格后，玛丽痛不欲生。她先是等了两个小时，接下来这位年轻的纳粹医生试图勾引她，她愤怒地推开了他。最可怕的是，这位医生只是让玛丽把腰部露出来草草地检查了一下，就立即给出了他的"诊断"。

"你有什么病啊？"他问了一句，然后大笑着说道，"什么病都没有，姑娘，你只是怀孕了！"

玛丽觉得天旋地转，又怕又急，一时说不出话来。

"不会的——不可能这样——绝对不可能的。"她只能说出这几句。

上帝啊！有了孩子怎么办？她，她的父母，还有彼得，都没有能力养这个孩子。她哭了一夜，第二天告诉了彼得。

"我根本就不相信。"彼得说，"这样吧，你去一趟慕尼黑。我有个叔叔在那儿开了一个妇科诊所。我跟他的关系不是很近，他是那种老派的自由主义者，但是据我所知他的医术不错。这位基林格医生资历太浅，医院以外的工作又太多。我敢肯定他的诊断是错的。"

玛丽去了慕尼黑。彼得的叔叔是一位和蔼的老人，这位"老派的自由主义者"给她做了详细的检查。玛丽觉得自己对这位医生很信任。

"完全没有怀孕的迹象，"最后他说，"但是，我年轻的姑娘，你营养不良，过度劳累，身体垮掉了。"他决定让玛丽在诊所里住几天，做一些注射治疗，同时吃一些有营养的东西，这样她身体很快就会恢复。玛丽非常感激地接受了他的建议。不过这样一来，普法夫家得自己过三天，妇女组织的领导也会非常生气，但玛丽觉得她可以健康并强壮地回去，在体育比赛中得到好成绩，其他事情也会好起来的。

彼得给她打了长途电话。他高兴极了。

"我就说吧！"彼得在那头大叫，"这位基林格医生应该要求他的医学院把学费退给他！"

玛丽却高兴不起来。她知道这位纳粹医生现在肯定恨死她了。

她先是拒绝了他的纠缠，然后又去找了另一个医生，一个"老派的自由主义者"，而且这位医生还推翻了"党内同志基林格"的诊断。可是玛丽又想，那又有什么办法？谁让他自己弄错了？想到这儿，她也就不怎么担心了，开始好好享用她能吃到的好东西。

这位年轻而又跋扈的基林格医生，他能怎么样？

三天以后，玛丽回去向组织报到。组织的领导恶狠狠地看着她。

"这么说你是去了慕尼黑？"她问，实际上她很清楚玛丽去了哪里。

玛丽点点头。

"希望后果不是太严重。"女领导接着说，"不过说到底，达豪也是个挺不错的地方。"

玛丽吓呆了。她一开始根本不明白女领导是什么意思。还是彼得猜出她在说什么。

"她认为你怀孕了，而我叔叔在慕尼黑给你做了人工流产。"

一天又一天，一周又一周，每天只有恐惧、噩梦，以及六神无主的对话。

"我们不会有事的，"彼得说，"我们绝对是清白的。而且，是我的叔叔推翻了基林格的诊断，他是个年轻的马大哈，并且根本没有给你仔细地检查。"

"但是基林格是党员，而你叔叔不是。另外，我确实在那边住了三天，他们会抓着这点不放的。"

彼得紧张地翻着他的法律书，回答道："好吧，如果基林格投诉我的叔叔，是会有麻烦。但是法庭最终会弄清事实的。"

由于这些日子玛丽在妇女组织里一直被当成一个罪犯来对待，她绝望地摇摇头。

"事实……我不知道。但恐怕事实在咱们这儿不那么管用，我恐怕……"她哭了，泪流满面，"我害怕极了，不知道怎么跟你说！"

彼得的额头上渗出汗珠，但他还是极力安慰玛丽。

"你不能怕，"他一边说着，一边摸着她的头发，"最重要的是你绝不能让他们看出来你害怕。如果他们看出来，咱们就完了。"

彼得从来都是如此乐观、勇敢，如此坚定，充满自信。所以现在，当玛丽听到他说"……咱们就完了"这样完全失去自信的话，就觉得特别恐怖。她不再哭了，大睁着惊恐的眼睛看着他，好像他变成了一个鬼魂。

终于开始了。

一天普法夫太太叫住她，对她说："玛丽，你知道我多么需要你，但是很遗憾我不得不……你明白，我听说了一些事，我是说，一些很可怕的事，后果可能很可怕……"

玛丽颤抖着声音说："但那不是真的，没有一个字是真的……"

就在这个屋子中间，玛丽已经站不稳了。好心而又笨拙的普法夫太太确信这姑娘在撒谎，但还是试着安慰她。

"最好是承认吧，玛丽，"她说，"想想你的父母，想想彼得，如果被审讯会是一个大丑闻。我相信这年头他们会把这件事叫作叛国，或是谋杀，或是什么，我不知道……"

这位好心的太太说了一大堆乱七八糟的话，但是她的话像一把匕首一次次刺进玛丽的心。玛丽收拾了自己的东西，但是她不敢回家,也不敢告诉彼得她被炒鱿鱼了。她只好把行李寄存在火车站,然后毫无目的地在城里徘徊。

当晚妇女组织召开了批判会,玛丽在众多组织成员面前接受各种羞辱。台下是交头接耳、私语窃笑的姑娘和女人们。有些表示同情,但多数人幸灾乐祸。

批判会的最后,领导人对台下黑压压一片穿制服的人宣布:"今天就到这儿。处理结果另行通知。"她又加了一句:"就是说,等到整个事件彻底调查清楚之后——如果说还有什么必要再调查的话。"

玛丽决定尽量不让彼得知道这些。但愿他没听到什么,毕竟最近他很少和人说话。

然而她不能不回家。在回家的路上,她想起两天前父母的小商店的橱窗上被人贴了一张告示,对橱窗里摆放圣像和宗教画提出警告。这当然和党组织没有关系,是那些自高自大的年轻纳粹男孩干的。但是这并不能减少事情的可怕程度。第二天一早,她的父母把这张纸揭下来拿给街角的警察看,问他能不能在巡逻的时候给予更多的注意,不要让这类事情再次发生。这位警察很明显并不喜欢这张告示,但他还是摇摇头。

"非常抱歉,真的很抱歉!但是保护你的商店并不属于公共利益。我有我的职责,如果我做了超出职责范围的事就会受到纪律处分。"

她的父母只好改变了橱窗的陈列。原来披着美丽蓝色披风的圣母玛利亚画像现在换成了元首像,而《我的奋斗》代替了《圣经》。当天晚上小商店平安无事。

玛丽是走着回家的。一来有轨电车人太多,挤不上去,二来她也害怕遇见熟人。

彼得说过:"如果别人看出来你害怕,咱们就完了。"

但是她不习惯掩饰,藏不住牢牢抓住自己的恐惧。

集市广场上黑压压的都是人。一定是出事了,可能是电车出轨了。以前已经发生过不止一次。当她走近后才看清人群是在她父母的房子周围,她的心跳开始加快。她听到脚下咯吱作响——是玻璃碎片。一定是橱窗!他们打碎了橱窗!脚下一片狼藉,你以前从来想不到一扇橱窗可以碎成这么多片。满地都是撕碎了的宗教画,还有一个被砸坏的十字架,玛丽小时候经常跪在这个古老而精巧的十字架前。《圣经》被火烧过,现在泡在水里,玫瑰花环被扯烂了,上面的珠子撒了一地,发出眼泪一样的光。商店里的家具被砸毁而且被烧过,而现在却滴着水。为了防止火势蔓延他们从外面往商店里喷了水。

玛丽努力使自己保持清醒,从人群中穿过去。人们认出了她,给她让出一条路。如果玛丽当时在这片狼藉和内心的恐惧中还能注意到一点别的,她就会发现所有投向她的目光都不是敌意的。相反,这些目光都是友善和充满同情的。是的,很多人都站在她的一边,对眼前发生的事情感到愤怒和厌恶。一个年轻的冲锋队小头目突然出现了,人们装作没看到他。他的双肩紧紧缩在一起，好像刚刚被兜头浇了一瓢冷水。

玛丽问："我的父母呢？"

小头目用近乎可怜巴巴的声音答道："你的父母被保护性拘留了。群众对天主教的政治倾向感到愤怒，而你的父母不幸被波及。我们无法保证他们的人身安全。小姐，请你冷静下来。"他觉得玛丽快要晕过去了，又补充道："保护性拘留没有什么可耻的，被拘留的人安全可以得到保障。这是国家为了安全而采取的措施，仅此而已。"

一个站在这个小头目后面不远处的工人突然冲着他大吼道："你们这群猪！下流胚！滚开，现在就滚！……"

小头目并没有从兜里掏出哨子招来更多人马逮捕这位工人，而是像有魔鬼在后面追他一样飞快地逃走了。他拼命挤过人群，头上漂亮的黑制服帽被挤掉了。那顶帽子掉在满地的碎玻璃中间，帽子上的骷髅标志像从玫瑰花环上脱落的珠子一样闪闪发光。

玛丽忘记了自己是如何进到彼得房间里的。彼得坐在一把椅子上呆呆地看着一封信。看来他已经坐在这儿对着这封信发呆很久了。

"通知来了！"玛丽一进门，彼得就说，"他们要审讯我的叔叔，咱们也被传唤出庭作证。看……"

他递给她那封信。在信上，他的叔叔用好看的大号手写体匆匆告知了这件事。

玛丽说："我们的商店被砸了，我父母被保护性拘留，那个十字架……"说到这儿，玛丽开始大哭起来，好像那个美丽的、精雕细刻的古老十字架才是整个这件事里最让人难过的部分。"那个十字架……"她哭着跌入一把椅子，好像头上挨了重重的一击。

彼得坐着没动，没有过去安慰玛丽。他说："已经没有意义了，我们无法脱身。一切都对我们不利。我叔叔遭人憎恨，基林格有权有势；他们已经把我开除出组织了……"

（玛丽想，本来我是想对他保密的。）

"没有意义了，没有任何意义了……"彼得重复着，没有降低嗓音。

玛丽点点头。他用不着说出来，玛丽知道现在的唯一出路是什么。她只是说："是的……这样会好一些。"

"来吧，"彼得说，"咱们别吓着房子里的人。"

他从抽屉里拿出一把左轮手枪，从衣架上取下他的大衣。玛丽想，他还能记着他的大衣呢。她摸了摸自己口袋里那把冰冷的、棱角分明的钥匙，是打开商店前门用的。那是一把保险锁，但是那里现在人人都可以进去，谁都可以在那些废墟中自由穿行……

河边的小路在这个时间空无一人。彼得和玛丽倚着老桥的柱子站着，两张苍白的面孔相对而视。他们没有眼泪，只有巨大的恐惧和迷茫。事情发展到今天，已经没有任何意义了，什么都没有了。彼得抚弄着玛丽外衣上别着的党徽。

玛丽说:"我一直很努力。我不比谁差,我没有不服从命令。彼得,你说,我不比别人差……"

彼得搂着她的肩膀。

"当然,我们都不比别人差。但是有很多人——"他本来想说"都死了",但是说不出这个字,"都已经不在了,他们也不比别人差,也没有不服从命令……"

玛丽把头靠在他的肩上,说:"你动手的时候不要告诉我,不要告诉我,我不需要知道。"

彼得吻了她,从衣袋里掏出手枪。玛丽闭上了眼睛。彼得的左手放在玛丽的右肩上,让她离开自己一点,好像是要更加仔细且温柔地观察她。接着,他扣动了扳机。

两声枪响在桥的拱洞间相互撞击,发出干涩的回声。玛丽当场就死了,而彼得死在被送往医院的路上。

虽然两名联合被告缺席,但审讯仍然如期举行。被告在无可争议的证据支持下证明了自己完全无罪。被告诊所的首席护士是党的高级官员,她做了有利于被告的证词。而另一名党内同志基林格医生却没有任何证人。法官认为,他的指控是"荒谬的、不负责任的",所以被驳回。

"国社党失去了两个年轻的、有希望的和憧憬未来的生命,而这是一个错误所导致的后果!希特勒万岁!"

案件审理完毕,陪审团解散。

我们的城市熙熙攘攘，平淡无奇。精力充沛的家庭主妇们在完成每天
的采购以后会凑在一起叨咕家长里短。虽然有些人的脸上会显得有一
些疲惫和沮丧，但这并不影响她们饶舌的热情。

第二章
做　账

　　已经是深夜了，店主汉内斯·施魏格尔还坐在他的办公室里记账。没有电灯，只有一盏老式的，以前用作装饰的煤油灯冒着黑烟亮着。因为上个月没缴电费，他的供电刚被切断了。他裹在一件厚厚的破旧发硬的大衣里，仍然觉得寒冷刺骨。他不发出任何响动地工作着。在一摞厚厚的账簿旁边放着一把用于修改字迹的锋利的小刀。一开始他想用这把小刀将一列列整齐的数字仔细刮掉再修改，但是由于纸张的质量太差，他什么也改不了，只能重写一遍。他痛苦地工作着，左手撑着脑门，右手对数字进行大幅修改。

　　这个男人品行端正，诚实而又勤奋，和他现在正在做着的事格格不入。作为施魏格尔公司创始人的儿子，他接管这家店铺已经五年了。店铺位于兰登大街，主要经营茶叶、咖啡、可可等进口商品。在娶了自己的表妹并参与这桩生意之前，他一直在学校读书并从事体育运动。他曾是国家级的滑雪运动员。他那永久性晒黑的皮肤更多地说明了他的过去而不是现在，因为现在的他明显正处于生活的重压之下。施魏格尔的长相像是南方人，或者不如干脆说像犹太人。像他这样黑皮肤、黑眼睛、大鹰钩鼻子的人在这个区其实并不少见。不过，在能够证明自己是无可争议的中世纪雅利安人后裔之前，他曾因为自己的长相经历过一段颇为不愉快的时光。大街上小孩子跟在他后面大喊"犹太猪！"，而一些"上流人士"也对他投以怀疑的目光。

幸好这些都已成为过去。但是现在又有了新的麻烦，正在逐渐摧毁他。谁能想象得到，像他这样一个长着如此诚实面孔的人现在居然做着这种事情？毫无疑问，他肯定正在对他的账目进行"加工"，为了少缴税而隐瞒收入。看在上帝的分上，他难道不能自己少花一点钱而把应该交的交给国家吗？他造了多少假？隐瞒了多少收入？

没人能够想到这件事的诡异之处，因为事实上他根本不是在隐瞒收入，而是在向相反的方向造假。他是在用大的收入数字替换小的！而这样做会使他不得不交更多的税！实际的年销售额是八千四百五十六马克，而他把它改成了一万零二百一十六马克。他不停地翻查各种书籍、报纸和指令文件，因为他不敢把任何一种商品的价格写成高于国家规定的价格。没有什么东西的价格是不受限制的，也就是说，市场上可以买卖的任何东西都不可以随便定价和记账。

这位汉内斯·施魏格尔先生发疯了吗？看来是的。你看他不停地翻着页，算了又算，改来改去，而且绝望地摇着头。"我永远交不起这么多税，"他小声嘀咕着，"没有用的，就算我把销售额改大了，高出最低限二百一十六马克，最后还是得关门。"

谜底原来在这里！他的商店即将有可能被划为"一个社会整体所不能接受的不产生利润的企业"[i]，他必须证明他的店铺年收入在一万马克以上，所以只好自己来做假账！

有关当局发起了对小型的民营商户和制造工厂的绞杀运动，还为此发明了一个词，叫作"关停并转"。而且，还是同一份报纸，《黑色军团报》以它极大的热情关注着"关停并转"的落实情况。

"基于对国家经济形势的冷静思考"，《黑色军团报》要求强制解散所有"不产生利润"的企业。该报指出，"这些企业的存在对于国家而言没有任何意义"，并承认这一切的"最终目标"是要在德国"严格限制并最终废除商业"。对于那些认为此举"是对个人权利的粗暴侵犯"的"自由主义世界的观点"，该报给予了极大的蔑视。它继续写道："国家社会主义不认为有必要保护那些选择从事对生产力的发展没有任何帮助

---

i　有关强制解散"不产生利润"的企业，见1939年3月30日《黑色军团报》。

的职业的人的自由，因为无论是在这里，还是其他任何地方，选择这类职业都只能说明他们懒惰。"

国家不仅认为没有义务保证职业和商业的选择自由，而且状况越来越严重。由于一个人在选择某样职业之后要接受关于这门职业的长期专业训练，所以除此之外他别的什么都不会做，而国家认为自己没有义务保证他能继续从事这门他唯一能够胜任的职业。

汉内斯·施魏格尔坚信自己是一个勤奋耐劳的生意人，但是现在有人告诉他，他是一个"懒汉"，选择了一个不能创造财富的职业，所以对于国家"没有任何意义"。

在他堆满了文件和书籍的桌子上有两张照片。其中一张装在一个小小的银相框里，他的妻子正从相框里微笑地看着他。她怀里抱着最小的孩子，而两个大一点的孩子一左一右站在两边，拽着她的衣服。那个时候的她多么可爱啊！她的脸蛋那时多么圆润啊！然后，他的目光移到另一张照片上——他的父亲，老汉内斯·施魏格尔。他们俩的头型很像，也都长着高大且棱角分明的鹰钩鼻，只是老汉内斯的额头更低一些，下巴的线条更硬，更像个农民。他黑色的眼睛正挑衅似的看着自己的儿子。

儿子对着父亲的脸，若有所思地，哀伤地点点头。他问父亲："你那个时候是怎么想的？在魏玛共和国时代，一切都很糟糕，而我们希望元首能够拯救我们？为了'一种健康的中产阶级利益',所有大公司大企业大商店都要拆解,是这么说的吧?我听你说过不止一百次,而我们都相信了!我们当然相信!难道这不是国家社会党纲领的一部分吗?不是白纸黑字地写在我们的'圣经'——《我的奋斗》里吗?那些章节不知道你给我们读了多少遍。"汉内斯把父亲的照片挪得离自己更近一些,接着说:"为什么我们总是在一起读那些对我们作出承诺的章节而忽略了另一些相反的——那些本应该让我们对今天发生的事有所准备的,那些迫使我现在坐在这儿修改账簿的内容?"

他站起来走到书架旁边,抽出那本封面印有帝国元首照片的书。那张脸显得阴暗且虚弱。

"就是这儿!"汉内斯找到了那一页,"这些话和你经常念的那些真的是同一个人说的吗!"他把书放在桌子上的灯光下,把老汉内斯的照片推回阴影中。

他念道:"在我桀骜不驯的年轻时代,最使我感到悲伤的莫过于自己出生在一个荣誉只属于商人和政府官员的时代。历史的大潮似乎已经退去,而未来似乎真的只属于'国家之间的和平竞争',这意味着一种平心静气的相互欺骗,而避免一切强有力的武力行动……这一趋势不仅看上去会经久不衰,而且正试图(顺应民意)把世界变成一个大百货公司,在它的大厅里,那些最狡诈的获利者和最无害的官僚们的半身像似乎会永久地树立着……为什么我没有早出生一百年?比如说出生在德意志解放战争时期？……我一想到自己迟到的出生心中就愤懑难平，我把自己所处的这一段'安宁有序'的时代看作糟糕的命运赠予的令人不快的礼物。我从小就不是一个和平主义者，所有这方面的说教对我都无济于事。"

汉内斯气得"啪"的一下合上书，盯着封面上作者那张不太友好的面孔。

"看到了吧！"他又说道，加重了语气。"这才是关键！"他暗忖，这个人把"安宁有序的时光"看成是命运不济，把"国家之间的和平竞争"和不诉诸武力看成是噩梦，这样的人掌握了权力怎么可能是小生意人的救星呢？商人和政治家对他而言是"狡诈的食利者"和"无害的官僚"，他用"无害"这个词来表达一种极大的蔑视。

事情很清楚。元首厌恶商业，就像他厌恶"国家之间和平竞争"一样，实际上他厌恶和仇恨一切和平。道德、民主、宗教这些也都是元首所厌恶和仇恨的，因为他知道所有这些都有着一个共同的目的，就是让人类的头脑逐渐趋于理智，从而拥有一个更好更和平的未来。人们都说元首是个天才，因为他给时代打上了他自己的印记，而那些只有一般才能的人只满足于以一种无害和不超越常规的方式为既有的时代服务。但是依我之见，改变时代的天才是使时代前行的人，而一个自己都承认要使时代倒退到一个野蛮的过去的天才，正如我看到的那样，只是一个十分怪异的天才。

这些念头让汉内斯的心情变得阴郁和混乱。人们曾经对元首寄予厚望，现在才意识到国社党的计划是要一举消灭中产阶级。重整军备和经济自给自足的计划，伴随着和平道路上没完没了的战争状态，是无法和为了健康的中产阶级利益而解散巨无霸型大公司这一目标相一致的。德国经济开足了马力，失业消失了，德国重新获得了声誉，但与此同时，德国退出了世界贸易，所有和战争有关的产品也退出了国内市场，因为这些产品必须由国家控制。当然还有食品和原材料的日益短缺。最后，作为德国"战时经济"的后果之一，我和我所属的阶级将被抹去。

汉内斯·施魏格尔，这个陷入困境的商人，无助的经济系学生，把头枕在自己弯曲的手臂上。

他小声嘀咕着，当他感到自己的嘴唇在手腕上蠕动时，心里顿时涌出一阵恐惧。"我不是犹太人，不是共产党，也不是国家的叛徒，但还是要被毁灭。为什么会这样？"

他没有说出声音，但脑子里已经有了答案：因为德国经济的逻辑就是以重整军备为原则。要判断各个门类是否重要只看它的军事价值。所以，一切不能为国家的军事化和经济的彻底自给自足服务的行业都会被无情地碾压。

汉内斯知道，对于战时经济而言有两条标准最重要：数量和速度。在以令人晕眩的速度大量生产的环境下，根本没有个体小商户的生存空间。而且，按照"配给"的原则，也就是每个人只能得到最低限度的食物和其他生活必需品，国家一定会实施最严格的集中控制。这就意味着价格管制，把比较小的企业并入卡特尔和托拉斯，最后，是"关停并转"那些被认为是多余和浪费资源的零售商。这样做可以一箭双雕：一方面国家通过取缔大量零售商而控制了流通流域，另一方面又解决了急速扩张的军事产业劳力不足的问题。通过执行"国家去商业化"政策，千万个独立小商户随之消失，大量的人手于是可以投入到工厂去做工。

汉内斯很早就知道这些，只是今天在走投无路的情况下才承认了现实。他问自己："我将怎样生活呢？他们把我的商店关掉以后会派我去做什么？会去什么地方？"

汉内斯觉得毫无头绪，他不是那种可以从绝境中突发奇想的人，只是觉得无力和幻灭。虽然他刚刚分析了自己的处境，但是他不太明白自己在和父亲的照片对话时那些念头是从哪儿冒出来的。

已经是深夜一点多了。汉内斯把《我的奋斗》放回书架，把旧账簿藏好，然后把新的账簿摆到架子上，并把桌子收拾整齐。他正要离开办公室的时候听到门外有脚步声。汉内斯吓得一动都不敢动。他用余光看了一眼那盏煤油灯，怀疑是不是灯光透过门缝引起了别人的注意。听上去外面有两个人正在上楼梯。

"是区长，一定是区长在巡视。"他想，但是谁和他在一起呢？一个姑娘？有一个脚步听上去是女人的。脚步声近了，汉内斯能清楚地听出来其中一个是高跟鞋在敲打地面，而且步子比另一个快。

他想，如果他敲门，我必须打开。然后我就完了。

脚步声在他的楼上渐渐消失了。汉内斯回到座位上，长长出了一口气，好像刚刚干完了重活儿。什么地方的门开了，脚步声又响起来，那个姑娘回来了。很明显，她陪着区长回家后又折回来了。汉内斯嘴角露出微笑。但微笑很快便凝固了，脚步声停在了他的门口。怎么回事？

有人敲门。汉内斯整个人都僵住了。

"开门！"是他妻子的声音。绝对是他的妻子。汉内斯还是一动不动。

"我跟你说开门，"女人不耐烦了，"我知道你在这儿。"然后又压低了声音："区长也知道。"

汉内斯打开门，他的妻子闪身进来。她披着一件长外套，头戴一顶贝雷帽。汉内斯指了指一把舒适的扶手椅，但是她没有坐下来，而是站在屋子中间，好像她的鼻子闻出这间屋子里有什么不对劲的地方。

"我能问问你在这儿干什么吗？"她说。

汉内斯爱他的妻子。他们从小一起长大，几乎像兄妹一样。他们之间从来没有什么秘密。汉内斯觉得连接他们的那种相互信任和默契要好过激情，而激情似乎从未在他们的婚姻中占有什么位置。

汉内斯认为现在更应该提出疑问的是他而不是她。虽然他并没有特别怀疑她对他不忠，甚至已经背叛了他，但他也看不出她有任何理由在深夜和区长混在一起，而不是在家陪着孩子们。

他紧张地看着那摞账簿，正准备实话实说，突然一个念头阻止了他：她什么都会跟儿子说，而他们的儿子转眼就会把一切都告诉他在希特勒少年团的领导。

于是汉内斯没有回答问题，反而问道："区长对你不错吧？"

他的妻子笑了。"他是好意。"说着，她拿出一张纸递给他，一份盖满了印章的官方文件。

"这是最新的，所有的区长昨天收到的。"她说。

汉内斯念道：

给所有区长的调查问卷

绝密　　　　　　**情报部门：**

调查原因：

调查内容主要包括：

住所：

出生：

是否德国国家社会主义工人党党员：

是否国家社会主义社团成员：

是否其他组织和社团成员：

公开活动：　　　　　以前的政治态度：

表现如何？现在的政治态度？（在集会、国旗日，以及各种讲座中的表现，经济和家庭关系如何）：

宗教：

宗教活动：

区长和居民小组长的评价：

在获取信息时必须注意下列重点：

1. 1933 年以前的政治态度？

2. 纳粹掌权以后的表现？

3. 是否悬挂万字旗？

4. 如果没有，为什么？

5. 他在党的集会上有任何贡献吗？

6. 有没有捐钱捐物？

7. 平时读什么报纸？

8. 是否认真学习上级指示？

9. 他名声怎么样？

10. a. 收入多少？ b. 有负债吗？ c. 家庭关系如何？ d. 几个孩子？对孩子怎么样？教育情况怎么样？

11. 住处面积、居住条件，和几个孩子同住？

12. 半犹太人？犹太人？

13. 和犹太人关系如何？

14. 有任何党内职务吗？

15. 有任何技术特长和专门训练吗？

16. 他在政治上引人注目吗？

17. 有何种倾向？

18. a. 公开反对？ b. 抵制？ c. 不关心？ d. 消极反对？ e. 谨慎的热情？ f. 由衷的合作？ g. 全身心的投入？

19. 过去的住所： 　　　　警察报告：

总结：

1. 在任何情况下都不得泄露此调查问卷的内容，包括党员和一般群众。

2. 由于住所变更的原因而导致的信息不完整必须亲自调查并予以补充。

3. 必须立即和国社党区长建立联系，必要时还要和妇女组织联络。

4. 当地的国社党员也要参与提供信息。

5. 在收集信息的过程中，区长必须讲究方法和技巧，在必要的时候可以独创自己的方法，尽量获取对以上问卷最清晰和直接的答案。

6. 如果区长对某些事项无法收集到完整可靠的信息，例如是否属于兄弟会和共济会会员及其所属种族的纯正程度等，则必须给予注明。信息必须基于事实，"似乎是"，"据说是"这样的表述只能说明责任心不够。

女人终于坐下了，深深地陷在扶手椅中，看着她的丈夫。

汉内斯放下了文件。"看完了？"她问道。

他笑了笑，但是没有丝毫幽默的成分："'在任何情况下都不得泄露此调查问卷的内容，包括党员和一般群众。'你一定是和区长先生相当亲密啊，不然他怎么会向你泄露调查问卷？"

女人耸耸肩。

"把你的帽子摘了吧，"汉内斯恳求道，"你知道我不喜欢它。"

施魏格尔太太顺从地摘下帽子，站起身走到书桌前。

"亲密？"她问道，"他喜欢我，所以每次有什么事他都会事先警告我。你觉得如果不是这样，难道他刚才不会进来看看你在干什么？"

施魏格尔叹了口气。他心里很痛。他的妻子深更半夜和区长在一起，而他自己却在这儿做假账，还不能告诉她，因为这样他自己的儿子会出卖他，而且正是由于区长所"喜欢"的他的妻子，才使区长不会进来检查他在做什么。他恨这间屋子，恨这些账簿,恨他自己,恨他穿的这件厚大衣,也恨他妻子穿的那件长大衣。他刚刚发现这件大衣和她正在手里揉搓的那顶可恨的帽子一样难看。但是此刻他被自己的妻子站在那的样子所打动。他知道,她和他一样不轻松。他太了解她了,他们对对方的了解太深了,所以她根本骗不了他。但是,是什么使她受到如此的折磨呢?

她说:"请给我看看你的账簿。不,不是旧的,是今年的。我想知道销售额到底是多少。"

汉内斯把账簿递给她。

她说:"原来如此。销售额是一万零二百一十六马克,而你告诉我是八千四百五十六马克。为什么你要骗我?"她突然尖叫起来,和她平时温和的声音比较起来,这是歇斯底里的前兆。"你是不是怕我要给自己买一件新衣服?因为我觉得咱们很有钱?有钱!"她几乎是在咆哮了,"我们很富裕,而你用最丑恶的办法欺骗我,背叛我。"

汉内斯紧紧地咬着牙。

"埃尔希!"他说,"求求你,你累了,冷静点,你不知道自己在说什么。"

但是女人不肯罢休。

"我累了,"她大声叫着,"你知道为什么吗?因为我必须像一头驴一样工作,因为孩子们根本不够吃,因为我买不起儿子要穿的少年团制服,还因为你深更半夜离开家而且有事瞒着我，因为我不能再信任你了。这就是为什么我累了，我厌倦了，厌倦了这样的日子。"

施魏格尔暗忖：她可能和那个区长发生了什么。我怎么会知道？也许他给了她什么许诺，钱，一份工作，提升。也许我应该告诉她为什么有一万和八千两个数字，但是我不敢告诉她，我不敢。

他的脑袋像着了火，他慢慢地站起身。

"走吧。"他说，一边捻灭了那盏油灯。他的妻子摸着黑出门的时候，他悄悄地从抽屉里拿出了那本旧账簿，小心地把这个犯罪证据藏在他的大衣里……我必须烧掉它，他想。

他们俩并排走下楼梯。他不敢用手搂着她的肩膀。他俩之间升起了一股模糊的、不祥的不信任。它如影随形，伴着他俩穿过街道一路到家。随后，它跟着进入了他们的房间，又悄悄地爬上他们宽大的睡床。他俩躺在床上，彼此分开，好像床的中间有一条巨大的深渊。

我们的城市似乎在很多方面都有进步。确确实实,眼下已经没有失业了。在河对岸的那座大工厂比任何时候都要忙碌,源源不断地生产出保卫祖国所需要的武器。

第三章

胡贝尔先生——一个制造商

　　制造商阿尔弗雷德·胡贝尔先生的金属冶炼厂在河的对岸。这个工厂被称为"和平天使"，城里的人对此都津津乐道。但是最近，这个工厂正处于困难时期。没错，政府源源不断的订单使胡贝尔先生赚了很多钱，但是他对这些钱并不能随意支配，而只能投资于政府让他投资的地方。胡贝尔先生是个聪明人，他非常清楚，就像对自己脸上的鼻子那样清楚地知道，像现在这样对自然资源的掠夺和挥霍，如此狂热和完全指令性的军备生产是根本不可能持久的。如果不发生战争，这些枪炮用来做什么？即使真的发生了战争，但是我们的"敌人"已经渐渐比我们强大，我们怎么能赢得战争呢？胡贝尔先生还知道，"我们的武器"由于其生产条件有限已经开始不断恶化。材料不行，制造技术不行——烟草商和食品零售商们怎么能一夜之间变成熟练的工人呢？——而生产的高速度使这一切变得更坏。胡贝尔先生从自己工厂的情况就能看出这些因素的破坏作用。

胡贝尔先生常常和自己年轻的女秘书聊天，他们会谈论这些给他带来巨大压力的种种问题的细节。

"我们没办法再这样下去了，安妮，"他说，"我们的材料在各个环节上都出现了问题。看看今年两次汽车大赛[i]的结果吧。当然要客观地看，而不是只相信我们宣传的那些。你知道实际的情况吗？出发的七辆德国汽车只有三辆到达了终点。你知道这意味着什么？七分之四，也就是百分之五十七的德国汽车因为材料问题没有完成比赛。法国车怎么样呢？三辆车参赛，三辆车到达终点，成功率百分之百！"

安妮刚在报纸上看到"我们"又一次横扫一切对手，所以反驳道："胡贝尔先生，您总是看到事情坏的一面。至少有两辆德国车率先冲过终点——我们比法国人快！"

胡贝尔先生笑了。"请别老是叫我胡贝尔先生，安妮，"他说，"我不是一直让你叫我阿尔弗雷德吗……"他顿了顿，充满爱意地看着她，又觉得有点不好意思，于是清了清嗓子，接着说："这种速度的纪录毫无意义。你知道法国人怎么评论我们的'胜利'？'德国工业的一次灾难'，'屡赌屡输的德国制

---

i 1939 年 7 月 9 日法国汽车大奖赛与 1939 年 7 月 23 日德国汽车大奖赛纽伦堡赛程。（法国汽车大奖赛是一种国际汽车锦标赛，1906 年首次举办，至今已经举办了八十七次。——译者注）

造业'。相信我，亲爱的，他们说的是实话，如实描述了我们的制造业自欺欺人的态度！"

安妮这次没有直接反驳她的老板，她说："但是汽车不是战争中最重要的，飞机才是，而我们的飞机都是第一流的！"

"好，就说飞机！"胡贝尔先生说，"前不久瑞士航空的一架飞机坠毁了。[i] 但这不是瑞士生产的飞机，而是德国生产的容克86型。你知道，这是我们最引以为傲的机型。几年前我们交付瑞士的另一架飞机因为质量问题被退货，还有两年前我们交付的第三架飞机在交付几周后不得不停飞。因为他们先是发现各种小问题不断，后来终于出了大毛病。安妮，你知道我们一共卖给瑞士多少架飞机？三架。三架全部不能用，无一例外。瑞士报纸说：'对于这些事故，材料缺陷有着明显且无法回避的责任，它没有达到规范。'真是可悲啊！看看德国的制造水平成了什么样子？真让人痛心！"

胡贝尔先生把手放在了安妮的头上。她没有动，只是坐在那儿，将拍纸簿放在膝上，似乎在等着记录他的指令。他开始抚摸她的金发，但她不舒服地摇摇头，他的手就停了下来。

"胡贝尔先生，"她说，他把手收了回来，"所有这些可能

---

i 1939 年 7 月 20 日，瑞士航空一架飞机坠毁。"年复一年，瑞士航空公司使用的美国道格拉斯飞机一直保持着百分之百的安全正点纪录，从未发生过任何事故……（在瑞士空军发生的）唯一一次事故是一架新式的德国梅塞施密特战斗机。"见 1939 年 7 月 24 日《苏黎世新闻》。

都是巧合，我的意思是说可能是偶然的。还有，虽然飞机在战争中非常重要，但是武器本身更重要，像大炮、坦克。没人敢说咱们的坦克不好。"

这位制造商做了一个鬼脸。"不，亲爱的！"他叫道，"咱们的坦克也很差！甚至斯柯达坦克也很差。短短的两个月，我们就把一个世界级的品牌毁掉了，就是这么快！1938年上半年斯柯达向瑞士陆军提供了四十辆坦克，瑞士陆军非常满意。上等的材料，百分之百可靠的发动机。正因为如此，瑞士决定今年夏天再订一批货。我们先送去了一辆坦克样品，两名德国军官把这辆坦克开到图恩进行测试。表面上看，这辆坦克和上次供应的那四十辆一模一样。测试方法是让坦克开上一座小山，同时用轻型火炮从三面对它进行射击。两名军官各就各位，示意可以开始。但瑞士人由于已经开始怀疑我们的材料质量，于是提出启动无人驾驶模式。经过反复交涉，两名军官离开了坦克，然后开始测试。你猜怎么着？当第一发炮弹击中目标，坦克立即成了碎片。那两位军官被他们的瑞士同行救了一命。这个故事是那两名军官之一亲口告诉我的。真是一个美妙的故事，对吧，一个非常有意义的故事。你还有什么可说的？"

安妮问道："你要开始下指令吗？"

胡贝尔有些不高兴了。不光是因为他国家的现状，还因为这个姑娘对如此重要的事情竟然无动于衷。

"不不，我不要下指令。今天上午的工作太累了。咱们出去买东西好吗，安妮？给你买件新衣服吧？"

安妮悲伤地低下头瞥了一眼自己破旧的衣服，一时没有说出话来。最近这段时间，衣服的材料糟透了，除非你肯出大价钱。

"不，不要。我不应该接受你的礼物。而且，"她说着，微微笑了笑，"现在党正在反对'对衣料不合理的消费'，他们说这样的消费是和我国国民经济的计划发展背道而驰的。你有读过莱博士那篇长篇发言[i]吗？他说衣服一定要穿到不能再穿为止，绝不能因为样式过时就扔掉。他说如果一位女士的春装可以让她在这一年显得迷人，那么这件衣服也可以让她在第二年、第三年和以后若干年里同样迷人。"她说着，眼睛里闪着顽皮的光。

胡贝尔先生从来就没有什么幽默感，不管莱博士说了什么，反正他要为安妮买一件新衣服。他很严肃地说："他说得很好，很有道理，但你不至于因为他说了这些就不敢穿一件新衣服吧？不管怎么说买一件新衣服不关政治的事，没什么大不了的。"

"但这就是政治。"安妮又变得严肃起来了，"我不太懂政治，但我知道他说的话有政治意义。而且，这不是没什么大不

---

i "劳工阵线"领导人莱博士关于"对衣料不合理的消费"的讲话。见 1939 年 7 月 20 日《黑色军团报》。

了的事。莱博士是个非常狂热的人。他接下来谈到民主国家，他说这些国家的人对妇女的审美与同志情谊和母性毫无关系，他们的审美是——是对妓女的审美。这难道不是相当政治化的说法吗？接下来他又说目前在德国的这种品位是受到'犹太人的毒害'而建立起来的，而我们的祖国至今仍然深受其害。胡贝尔先生，如果这还不是政治，我倒想知道到底什么是政治了。"

胡贝尔先生靠近她说："蠢话，都是宣传。这个不应该是针对个人的，而是对一个特定的群体而言。'犹太人的毒害'更是彻头彻尾的蠢话。犹太人在一英里以外我都会受不了。"

安妮的脸红了。她的下唇开始颤抖。

胡贝尔先生叫道："天啊！这到底是怎么了？"

安妮没有回答。她努力控制住自己。

"听着，"胡贝尔先生降低了声音，"我们的战时经济和自给自足的方针确实会带来某些限制，但是不能说女人穿漂亮的衣服就是受到'犹太人的毒害'。无论如何我也看不出来为什么同志和母亲就不能穿得漂亮一些，否则，就要被比作妓女……"他靠近她，现在她都能感到他的呼吸。"安妮，我要让你穿漂亮的衣服！我也要让你成为一个同志和母亲——我的同志，我孩子的母亲。安妮！你知道，我是说你难道不明白我的意思吗？"他在努力搜索合适的词语，脸发红，轻柔地说："安妮，你愿意嫁给我吗？"

姑娘彻底大叫起来。"不!不!"她急促地说,"我知道——不,不可能,亲爱的,不可能。"她猛地推开他,跑出屋子,大声地哭泣着。

胡贝尔先生呆住了,又生气又无助。"好吧,那……"他颓然地坐下来,眼睛呆视着桌面。

有人敲门,胡贝尔先生一开始还没听到。外面的人又敲了起来,这次胡贝尔先生抬起头。他正要大发脾气说他现在不想见任何人,但是已经晚了。门开了,一个男人走了进来。

"我是施魏格尔,"那人自我介绍说,"汉内斯·施魏格尔。我和您约好了见面,是您让我现在来的。"

胡贝尔先生疲倦地耸耸肩。

"我没有任何预约,一定是我的秘书。安妮!"他大声叫道,完全不顾施魏格尔先生就在旁边,"安妮!回来!"

汉内斯·施魏格尔艰难地咽下一口口水。"我必须和您谈一下,"他声音颤抖地说,"您是我们最老的客户之一。"

安妮不知道哪儿去了。胡贝尔先生决定自己解决这件事,迅速地,一劳永逸地把它解决掉。

他说:"我知道,他们关了你的店,但是我能做什么呢?我对政府部门没有任何影响力。再说,我对你的生意也一窍不通。"

"胡贝尔先生,我是一个经济学家,一个训练有素的会计师,"汉内斯·施魏格尔央求着,"我有妻子和三个孩子……

我不知道将来怎么办……"

胡贝尔先生长时间地看着这张棱角分明、晒得黑黑的脸，上面交织着恐惧和希望。

"我的朋友，"他说，"我全都知道。但是说句掏心窝的话，我什么也帮不了你。你想让我给你一份工作，是吧？比如会计师，比如经济顾问，或者类似的工作。"

施魏格尔点点头。

"你不知道，"胡贝尔先生继续说，"我已经有不止一个会计师无事可做，而我根本不敢解雇他们任何人。我唯一的经济顾问就是国家本身。如果我听从你这样的人的建议，就等于把自己浸在开水里，你难道看不出来你在学校里学的东西现在已经完全没用了吗？这个世界已经颠倒过来了。"

汉内斯·施魏格尔看起来好像一下子缩小了些。他小声嘟囔着："对不起，我只是试试看。您知道，我不想离开这儿，还想干我的老本行。"

胡贝尔先生轻声说道："其他行业也不见得不好，其他地方也可以生活。"

施魏格尔站在那里，似乎迈不开步了。"我只是试试看。"他重复道，然后吃力地迈开步子离开了。

胡贝尔先生冲到外间，那里有几个姑娘正在打字。他又冲到前台，安妮正靠在一个角落站着，还在哭。

"安妮，"他大声叫道，声音颤抖而嘶哑，"这是——到底怎么了？"

在办公室其他姑娘的众目睽睽之下，他几乎是把安妮拖回了自己的办公室。

"坐下，看着我，安妮，我——我爱你。"他说。

安妮只是不停地啜泣。

"安妮，"胡贝尔先生温柔地说，"我想不通。我完全不明白。告诉我，到底怎么了？你知道我爱你，我想要你……安妮，我最后一次问你，绝对是最后一次：你愿意嫁给我吗？愿意还是不愿意？"

他的声音变得生硬起来，他提的问题更像是一种威胁。安妮终于把手从沾满眼泪的脸上拿开了。

"我没办法，"她尽量使自己的声音听上去坚定，"请你让我自己待会儿吧，求求你，我真的没办法。"

"为什么？是因为我吗？"

她摇摇头。

"那为什么？"他提高了音量，"安妮，告诉我，我必须知道，我有权利知道。"

胡贝尔先生此刻心烦意乱。他爱这个姑娘，而她至少也表现出来是喜欢他的。是因为她另有所爱吗？不会，他很确定，这是不可能的。他认识她这么多年，从来没见过她和其他男人来往。难道她脑子出毛病了？他爱她，他能给她很多。

胡贝尔先生爆发之后，有一段短暂的寂静。然后安妮像是自己宣判自己的死刑一样，说：

"我是半个犹太人。"

胡贝尔先生很不情愿地退后了一步："我的天啊！"

原来是这样，安妮的父亲是纯粹的雅利安人，在《纽伦堡法案》（纳粹德国于 1935 年颁布的反犹太法律）发布之前，且在他与犹太人耻辱的婚姻暴露之前，他一直作为退休的公务员靠养老金生活。安妮一直保守着这个不可告人的秘密。但不止一次，每当这个漂亮又能干的姑娘看到自己有更好的发展机会时，都会担心别人发现自己的这个秘密。

胡贝尔先生惊讶得一时无语，但他想起了自己曾经想提升安妮做他办公室的主管，而安妮拒绝了。

那一次他说："继续当打字员太委屈你了，我要提升你，你很有前途。"

那一次安妮也哭了。她当时也是说："不，不，不行。"那时他以为安妮想继续留任速记员是想留在他身边，而如果得到提升就不能和他整天在一个办公室了。他把这个当成她爱他的证明，所以一直都记得。现在他才明白原来是这样！这完全不可能，这是不可挽回的灾难。

"不要告诉别人，阿尔弗雷德。"她说，第一次叫了他的名字。反正一切都过去了，结婚已经不可能了。"我还想继续留在这儿工作，能工作一天算一天。反正也用不了多久，总会有人知道的。我也不知道到时候我该怎么办。但有一件事可以确定，我不能被迫去过一个犹太人的日子。"

胡贝尔先生肯定地点点头。即便是现在他还是想搂住她，告诉她她母亲的种族并不会影响他对她的爱。但胡贝尔先生是一个工厂主，他深知自己的责任不允许他为了一个姑娘而不顾一切，更何况这个姑娘骗了他这么多年。他拢拢自己的头发，清了清嗓子，说："好吧，我什么也不会说。但是你应该早些告诉我。"

胡贝尔先生六神无主地走进贝尔街那家他常去吃午饭的小餐馆。他知道食物永远很差，但是这家店的店主总能拿出些特别的东西，所以还是值得一去：他总是能做出一些人造奶油。真奶油在这个城里是谁也吃不到的。在德国真奶油是违禁品，所以哪里都买不到。这个店主总能做出一些人造奶油，胡贝尔先生每天都要吃一些。至于他是怎么做出来的就只有他自己知道了。

即使今天发生了这么多事，他也不能抵挡人造奶油的诱惑。他想，我不指望他们有小牛肉，但至少人造奶油还是有的。突然他又想到了安妮，想到他和这个姑娘的关系可能带来多大的麻烦和危险。但是他决定不让这件事影响他的胃口。再说，现在他正空着肚子，想来想去，不得不承认自己犯了一个危险的错误。到底是什么让他一直沉湎于这个姑娘呢？再说，他早就应该注意到作为一个纯种的雅利安人她的头发有些太卷曲了。

他刚一走进饭馆，女服务生就冲他跑过来，满脸泪痕。

"他不见了！"她哭着说道，"他们把我们的申德胡贝尔先生抓走了。有人举报了他，是其他那些饭馆的人举报的，他们嫉恨他做的奶油。现在他得上法庭，在这之前他得一直被关着，虽然他完全是无辜的。"

胡贝尔先生摇摇头："太糟糕了。他真的是无辜的吗？我必须得说他的奶油味道棒极了。"

"他当然是无辜的，"女服务生说，"他用的是人造黄油、鸡蛋白、鲸鱼油、糖和几滴——"

"呃！"胡贝尔先生打了个激灵，"别再说了，我以前在这儿吃了不少。别让我想起来就恶心。"

他坐下来，郁闷地看着菜单。

"怎么，又没有牛肉？"

女服务生给了标准答案："人们近来吃太多牛肉了。由于经济的高速发展使得人们挣了很多钱，每个人都吃了大量的牛肉，于是牛肉自然就不够吃了。"

"好吧，"胡贝尔先生说，"给我一份标准餐，还有《法兰克福报》。"

他一边费劲地咽下一份黑乎乎的，撒了几粒瘦羊肉末的面条布丁，一边读着他最常看的报纸："一个不争的事实是，今天企业的自主权在很多方面都被严格地限制了，比如在下订单、购买原料、工厂的建设和扩展、制定价格、雇佣工人等各个方面。如此加强管制最终有导致指令经济的风险，国家为了私人企业利益而建立的紧急救援机构将会沦为摆样子的官僚机构。"[i]

"紧急救援机构是好东西，"胡贝尔先生一边吃着他的面条，一边咕哝着，"确实是好东西！"

他回想着几个月来他一直都在等着完成政府订单所需要的原料，而这几个月工厂几乎处于停工状态。现在材料已经来了，他本来应该加紧开工，但是工厂里三分之一的工人都被政府强行征用，尤其是他熟练的金属技工。据说他们被征用去完成"更为战争所急需的工作"。

胡贝尔先生很清楚什么是比他的工厂"更为战争所急需的工作"。成千上万的人被派到西线修筑防御工事，干的就是挖坑铲土的苦力活。这件事引发了大规模的怨愤。一开始这些人从大的火车站出发，但很快事情就变得令人无法忍受。女人们哭泣着尖叫着送别她们的丈夫，不知道他们什么时候能回家。而那些要被送走的人大声诅咒和叫骂着，就像要被流放。有一次，一列火车还没有离开城郊就不得不四次紧急刹车。列车紧急停了四次，车厢冲撞在一起，随后谣言四起，说是发生了什么事故。后来有关部门想出一个办法，他们启用了一些长年废弃的小车站供这些工人登车，并且禁止这些工人

---

i 关于对企业家自主决定权的限制，见 1938 年 11 月 30 日《法兰克福报》。

的妻子儿女和其他亲属送行。现在所有的遣送都是在深夜秘密进行。

但是在前线干活的地方也不断传来各种抱怨。那边的工钱是一小时四十二到七十芬尼（一百芬尼等于一马克）。高级技工们在城里的工厂干活时能拿到十马克一天（八小时），而现在他们被迫用镐头和铲子一天干十四小时，收入还要低得多。政府答应差额会由劳工部付给工人的家属，但是根本不兑现，女人们跑遍了各个部门讨要这笔钱，抱怨越来越多，心情越来越坏。

国家政策不仅让制造业劳力短缺，现在也介入到市场层面。物价委员会有全权"根据正义的人民经济"规定价格的职权。根据供需关系确定价格的自由主义经济原则被完全废止，而物价委员会成为价格的独裁者。这个委员会刚刚发布了一个法令，指出："未来价格的计算必须根据确定的工资水平而制定。如果某处的工资水平不能确定，则价格必须根据符合规定的国民经济的要求而制定……工会代表可以制定工资水平，价格不得超过这个水平。只有合法的工人福利开支可以支付，但如果某些行业和企业有自愿向社会作出贡献的传统，则这部分贡献不能计算在内……新的法令规定的降价将立即在有关企业实施。"[i]

---

i　1939 年 8 月 12 日物价委员会法令，声称其有权冻结价格。

面对这份政府干预的最新法令和它将带来的后果，胡贝尔先生只能长长地叹一口气。他对自己说：如果我要雇佣足够的工人，就只能提高工资，而这就违反了他们制定的工资水平。而且，我为工人福利的"自愿支出"远远超过法律的规定和习惯的水平。我的情况并不是个别的，比如说在西门子–舒克特工厂，去年的工人福利支出是一千一百六十万马克，但为了社会福利，他们另外支出了一千四百二十万马克——而这很难说是"自愿的"。工人们心情恶劣，精疲力竭，因为工资低，税收高，食物短缺。他们还必须为养老和疾病做准备，有些疾病由于厂医不认可而得不到医疗补贴，而即使是很多严重的疾病也经常得不到厂医的认可。面对这些营养不良、过度疲劳、充满怨恨以至于试图破坏工厂的工人，我们怎么能让他们保持高速的生产能力？如果我们不能把他们的福利计算到价格里，我们怎么能给他们提供这些福利让他们满意？如果我们按照这个法令规定的那个令人羞耻的工资水平，很快就根本招不到工人了。好吧，他们可以用国家的名义强迫工人们来我的工厂，但是他们怎么强迫他们好好工作？

整件事就是一个骗局！政府不希望我们减少投资，因为只有继续投资才能重整军备，而投资一旦停止，一切就会垮台。但是另一方面，政府又想通过控制价格来降低开支，抑制通货膨胀，而通货膨胀每个月都有明显上升。今年的货币流通量几乎是 1936 年的两倍，而且市场上的商品越来越少，质量越来越差。这难道不就是通货膨胀吗？这还不包括像货币一样流通的等同于上亿马克的税收代用券。

到底谁能从战争经济中获得好处？胡贝尔先生回想当初，国家社会主义兴起的时候曾经以德国工业的拯救者示人。我们已经不是受益者了！不是我们这些制造商！当然人民也不是，不是工人，不是农民，不是中产阶级——他们要毁掉的正是中产阶级。没有人获益，大家都在受害。可能的例外只有那些依仗权力，为了权力而活的人。他们的乐趣就是不受限制地玩弄权力。这在最坏的情况下会导致布尔什维克主义。真是可耻又可悲，但是我们又能怎样？

他已经有好一会儿没有再想安妮了。在这二十分钟之内，安妮一点一点地从他的脑子里褪去。这会儿他又突然想到她。他又看到她那可爱的灰绿色眼睛，金灰色的头发，还有不久前还在哆嗦的棱角分明的嘴唇。怎么，难道仅在不久之前吗？

他自言自语道："如果让她继续这份工作会不会给我带来危险呢？肯定会的。既然我已经知道她是半个犹太人，就只能让她离开。我不会去报告，但她必须走。对不起，可怜的孩子，但这年头男人必须先考虑自己。"

他继续问自己，安妮被解雇以后会不会要像其他犹太人一样生活。她不可以去剧院或者电影院，不可以坐公园里的长凳。一半犹太血统的人也不能坐吗？谁知道呢。犹太人是不可以的，而安妮的妈妈是犹太人。

　　他觉得有一条鳗鱼在皮肤上爬，好像一个孩子听说他的一个婶婶是一个真的女巫。胡贝尔先生突然想到了汉内斯·施魏格尔。他的店被关了，而他现在将被送到某个地方干他从来没有干过的活儿。他不是犹太人，就像被抓走的饭馆老板申德胡贝尔先生，或者就像我自己也不是犹太人一样。我还算好，没什么可抱怨的，完全没有。再就是，我得一直保持现状。遵命，先生！我要他妈的特别小心！从现在起如履薄冰！记住，胡贝尔，别干蠢事，凡事都悠着点，三思而行。

　　下周，几乎可以肯定，他要去荷兰拿订单。又会是一段难过的日子。人家肯定会对我的推迟交货有一大堆抱怨，而等到终于交货了，噩梦也就真的开始了——低劣的材料导致的低劣的产品质量。

　　但是不管怎样，我将会吃到发泡奶油，很多很多的发泡奶油。这位制造商一边给自己打着气，一边用舌头舔舔嘴唇。我还得让我的荷兰朋友对我们的困境不要知道得太多，不然他们就不会再给我任何订单了。再说了，我也不是傻瓜。我对进监狱没有兴趣，更别提集中营了。而如果我在国外泄露了机密，那里就是我要去的地方。

　　这就是制造商胡贝尔的脑海中正在呈现的图像，一幅悲哀的、迷茫的图像。一个体面人正常的想法让位于"常识"和"谨慎的"反应，恐惧和痛苦让位于"忠诚"和"爱国"，而所谓爱国就是只遵从一个命令:"玩儿下去!玩儿到底!"

制造商阿尔弗雷德·胡贝尔先生是我们城市中一位典型的公民。其他人和他也很相似:苦恼而又迷茫,"大环境的牺牲品"。他们觉得这就是他们的命运,德国的命运。只有在短暂的、令人恐怖的清醒时刻,他们才会试着提出一个问题,而这个问题的答案是一切其他问题答案的核心。此刻他们问自己:为什么我们闭着眼睛服从命运的安排,而这个命运的名字是阿道夫·希特勒?我们为什么服从?

但是没有答案,所以他们——至少在眼前——只能继续服从。

我们的大学总是有很多生机勃勃的年轻人。他们胳膊下面夹着书本，热切地争论着——显然是在寻求永恒的真理。

第四章

"所谓正义就是为我们的目的服务"

　　哈伯曼教授在本市的大学教授刑法。他有一副典型的德国人长相，身躯肥胖，金发碧眼，脸上有几道打架留下的伤疤，脖子像牛一样粗壮，面部仔细地剃过，泛着火腿一样粉红的光。希特勒上台的时候他四十岁，只在一些二流的大学担任过助教。这倒不是因为他的学问不好，而更多是因为他对自己的职业生涯一直不是特别上心。哈伯曼博士是个彻头彻尾的德意志民族党人，热爱魏玛共和国。他宁愿躲在一个小地方，闲暇时看看书，和朋友一起喝酒聊天，骂骂政府，也不愿意在柏林这样的大城市为了自己的名利地位成天和当官的打交道。

　　就这样，在 1935 年初，他被本市的大学聘为全职教授。一个有一半犹太血统的教授被解雇，留下一个空缺，而哈伯曼欣然接受了这个位置。在学生们看来，这项任命从各方面来看并不像原来设想的那么糟糕。

这所大学位于迷宫一样环绕着集市广场的街道后面。学校的每一间教室都可以看到校园中间的喷泉,即使关上窗户也能听到喷泉发出的令人昏昏欲睡的声音。不过即使没有这首催眠曲,课堂上没完没了地讲授纳粹所谓的"生活哲学"也足以让大部分学生进入梦乡。哈伯曼教授是仅有的几个例外之一,他在每节课上都能变出一两样新鲜内容,让学生们觉得上他的课还是值得不睡觉和认真听讲的。

比如他会说:"先生们,我现在讲一个案例。"然后他会叙述一件谋杀案,在什么样的情况下发生了谋杀,都有些什么事实。什么人因为什么原因成了犯罪嫌疑人。没有人在谋杀现场被捉住。所有的证据都是间接的,但是间接的证据并不能证实一项合理的怀疑。

"检方请求法庭判处被起诉的嫌疑人死刑,嫌疑人利绍尔是犹太人,住的地方离犯罪现场不远,而他不能提供不在现场的证明。现在,先生们,遵从你们的誓言,你们会不会确认指控和判处嫌疑人死刑?"

学生们紧张地思索着。这是授课而不是讨论,所以学生们不一定非要回答这个问题,而是由哈伯曼自己给出答案。教授提高了声音,连那些被喷泉声催眠了的学生都猛地惊醒了。

"先生们!"他说,浅色的眼睛中闪动着两团愤怒的火光,这使他看上去像一个卡尔梅克人(居住在俄罗斯境内的蒙古人种），而完全不像一个中规中矩的受过击剑训练（德国学校里的基本军事训练）的日耳曼毕业生。"先生们，就这个案例而言——我希望你们记下笔记，这类案例在我们的法律界非常典型——在这个案例里，如果谁想要在间接证据之外寻找其他证据，谁就是一个大傻瓜！这样做不仅是徒劳的，也是非法的。问题在于，在这样的案例中我们到底应该关心什么？"

教授此时眼睛盯着一个坐在前排低着头在本子上画小人儿的学生。"我们只关心我们所说的'健康的人民的直觉'。就是根据这个，而没有任何其他依据，我们的检察官提出了他的判决请求。这个案子应该如何判难道不是一眼就能看出来吗？发生了谋杀案，必须找到凶手，法律必须作出判决。一个犹太人碰巧涉入其中，无法自证清白。古老的罗马法规定的只要存在对被告指控的合理的怀疑则被告无罪的原则已经不再适用。新的德国法律当涉及捍卫国家价值观的时候是铁面无情的。先生们，你们将为一个完美的法律系统服务，这个系统和正确的生活哲学、国家社会主义关于正义的定义及其重要性，以及由此产生的情感力量完美地结合在一起。这个案例对于你们来说很容易，而且必须很容易，这就是坚持有罪判决。你们的陈述，先生们，必须让每一个陪审团的成员觉得判定被告无罪是他们的耻辱。每一个陪审团成员必须明白，他们驳回对被告的指控是危险的，不仅对他本人，而且对他的家庭！"

那个坐在前排的学生"啪"的一声把铅笔放回桌子上。哈伯曼看见他尽力控制自己不要大声笑出来，但他还是转过头对着其他人发出一声短促的笑声，班上的其他人开始跺脚，这是学生们惯常表达叫好的方式。很明显，哈伯曼教授站在纳粹当局的对立面，而班上的同学站在他的一边。

教授继续说道："先生们，你们必须把自己脑子里早先形成的对于'客观正义'和'自然正义'的信条彻底清除掉。最近我们的司法部长弗兰克博士对此有令人惊叹的论点：'主宰我国法院并扩展至其他一切领域的必须是国家的自我拯救和自证清白的意志。'你们当中可能有人反对这个说法，你们可能要问：'怎么才能相信国家确实知道什么东西可以使它获得拯救呢？'先生们，这是一个彻头彻尾愚蠢的问题。我很高兴司法部长代替我给出了答案。'只有国家社会党才能确定什么最符合德国人民的利益。在法律和公正方面，以及其他一切方面，党的决定和意见就是德国司法系统一切理论和实践最权威的来源。我国司法体系的任何设想都必须时刻遵从我们的世界哲学，我们必须反对过分的客观主义！'"[i]

哈伯曼又看了一眼那个前排的学生："现在你们明白了，先生们，我警告你们放弃过时的和反德国的'自然正义'是多么的正确。在'过分的客观主义'和'我们的世界哲学'之外是没有任何其他选择的，因为大家都知道我们的世界哲学

---

i 法律必须经由国家社会党（即纳粹党——译者注）解释。见 1939 年 8 月 23 日《德意志汇报》。

才是至高无上的，'客观公正'根本算不了什么。但是我注意到——"教授打断了自己，热切地望着他面前几位学生的脸，好像要努力读出他们脑子里在想什么。"——我注意到你们的眼睛里又有了新的疑问，你们似乎要问：'如果这个世界哲学是随时变化的，而且是随着政治需要和政治形势而不断改变的，那我们怎么能把它当作法律系统的基础呢？这个拯救国家的意志难道不正是要让这个世界哲学随时随地顺应元首的意志吗？'"

"先生们，祝贺你们提出了这个问题，"教授大声说道，好像这个问题真的是这个班的学生们提出来的，"一个符合逻辑而又深刻的问题！但是国家又一次料到了你们会提出这个难题，并且早就准备好了答案。在这个国家所有的原则都要服从一个永恒的原则，而这个永恒的原则就是权力。我再引用一次咱们司法部长的说法：'在世界政治的领域期待司法公正，结果只能是令人遗憾的。事实说明，如果没有实际的手段和力量付诸实施，期待国际社会的公正是没有意义的。'这就是说，寻求公正要有强力为后盾。当然，这样一来，学习法律会变得特别困难，学究们和书虫们如果只知道从专家论文里获取知识而不注意'优秀民族的直觉'，那他们在新的德国就很难吃得开。"

"先生们，我要提醒你们，我的上司司法部长先生正在竭尽全力反对一种论调，这种论调认为'国家应该赋予学者和专家在法律领域对元首和党的权力划定某些限制的权利'。再清楚不过的是，元首和党的权威是永恒的，而构成我们法律的种种概念和思想是可以随时更改的，因为'正义就是为德国人民所用'，而且今天有用的明天可能没有用，所以今天的正义可能就成了明天的非正义。更进一步说，因为一项正义的诉求必须有意愿和力量来保证它的实施，所以当这个力量停止存在或被另外的人所攫取，这项正义的诉求也就无效了。我说清楚了吗，先生们？每个人都明白我的意思了吗？"

同学们又开始跺脚了。在前排的年轻人想：上帝啊，他有一两次差点儿把我说糊涂了。他批评"学究们和书虫们"时那么严肃，但实际上他是在猛批现在的体制！区别只是他用了一种新的方式。这是肯定的，不会有错。

哈伯曼先生的脸上又一次闪现了他在"证明"那个犹太人有罪时露出过的扭曲的笑容。然后，他拿起了放在面前的一本厚厚的书。

"虽然司法部长发出了警告，"哈伯曼教授说，"我还是发现又有一个自称专家学者的人敢于在法律领域给党和元首的权力设定一个界限，或至少是给出一个定义，提出了一个形态。这本著作是有关法律的，或许并不适合我们今天的课程。但是，由于它以自己独特的方式提出了如此多的有价值的提示，所以我要在我的课堂上介绍它。"

他真是这个意思吗？坐在前排的年轻人想着，打了一个寒战。

　　"我手上这本书，"哈伯曼教授接着说道，他用右手的食指和拇指捏着这本书，好像捏着一个什么发出恶臭的东西，"书名是《大德意志帝国宪法》[i]，最近由 Hanseatische Verlagsanstalt 出版，作者是恩斯特·鲁道夫·胡贝尔，莱比锡大学法学教授。先生们，我无论对此书作出多么高的评价都不会过分。这本书达到了一个惊人的高度，如果你们考虑到作者是在多么困难的条件下完成了这本书，就会更加对此书的作者赞美有加。在这些困难当中有一点，但远远不是最困难的一点，尤其是对一个法官而言，即最高的法律，比所谓事实还要高的法律，是元首的决定。而元首的决定又取决于前面所提到的拯救祖国的强烈意愿。为了让你们先睹为快，先生们，我将要对胡贝尔教授的这一杰作做一个简要的阐述。"

　　班里开始出现意见分歧。很多学生认为哈伯曼教授一定很欣赏他如此热烈颂扬的这本书，所以他们一定要好好读，因为它的内容在考试的时候一定会用到。另一些学生，包括坐在前排的那个，觉得教授是在说反话。他们看出来他的狡猾，表面上称其为杰作，实际上对它进行毁灭性的谴责。那位前排的学生深吸了一口气：接下去教授怎么收场啊？

　　教授快速地翻着书页，说道："这位博学的教授的主要观

---

i　恩斯特·鲁道夫·胡贝尔：《大德意志帝国宪法》，1937 年出版，1939 年修订及增补。

点可以总结为如下几条：（1）德国在十九世纪参与建立的司法传统已经彻底被抛弃。一位伟大的德国人，约翰内斯·阿尔图修斯曾经声称的'不可剥夺的人民的最高权威'也一并被抛弃了。正如你们所知，国家才是最高权威，并且它的权威必须涉及生活的每一个领域。对于作者而言，'一切过分地追求客观'都明显是反动的。并且，他坚持认为，（2）国家是，并且仅是，'人民意志的化身'。他写道：'人民所特有的本质和意愿是帝国政治和司法构成的基础……政治生活哲学具有独一无二的有效性，它的统一保证了人民的统一。'你们可以在第158页找到这一段话。所以不管是'宗教信仰自由'还是'个人自由的权利，都不能用来对抗国家的权力'——第361页和495页。他告诉我们，自由的权利'是不能和人民帝国的原则相调和的'。"

"现在，先生们，"哈伯曼教授提高了声音，"可否允许我要求那些正在打瞌睡的人合作一下？我必须警告你们，如果你们没有背诵《大德意志帝国宪法》中的下面这段话，我在考试的时候可不会手下留情：'没有任何个人权利可以优先于国家，或者置身于国家之外。对于这类个人权利，国家不会给予保护。'先生们，你们将要成为德国法律的执行者，德国人将被交到你们手里，或者那些你们要以其名义诠释法律的人手里，所以请你们记住这段话。胡贝尔教授将这样的情况解读为'整体的原则'，这个原则要求将'统一的政治态度'扩展至一切人类的行为和事业，'如宇宙般地拥抱和渗透一切'。"

哈伯曼教授停顿了一下。一双蓝眼睛眯成两道缝，扫视着寂静的课堂。

"我基本上不需要告诉你们这本书将自然而然地且不可避免地得出什么结论，因为你们已经知道了这些结论。我也知道你们所有人，不管你们的专业如何，是数学还是政治经济学，都不能逃脱这些结论。正如作者所说：'在作为一个政治实体的人群中，政治权力只有一个至高无上的代表者，那就是元首，只有他才能代表所有的政治权力和权威。'"

"是的，是的，先生们，"哈伯曼教授和同学们一起笑了，"你们选择了一个困难的职业，国家将动用一切力量从头至尾监控你们做出的选择。帝国司法部国务秘书罗兰·弗赖斯勒博士对这一点表达了鲜明的观点，他说：'最重要的是，法官必须是一个真正的男人。'先生们，我百分之百同意他的说法，他完美地表达了我的愿望：'一个真正的男人！'自然我们可以讨论什么才是'真正的男人'，但是请原谅时间不允许我深入地分析弗赖斯勒博士这个表述的内涵。"

学生们不约而同地看了看他们的表。这是一堂两小时的课，而现在还不到一个小时。教授用时间不够为理由解释他不能深入探讨弗赖斯勒的"真男人"概念实在是太勉强了。

"尽管如此，"哈伯曼教授接着说，"也许我可以讲讲帝国司法部国务秘书先生的另一番话，'在提拔一个人的时候，首先要看他是否参加过世界大战，是否为纳粹运动战斗过，是否服过兵役，或者他作为一个父亲是否称职，最后一点是评判他优劣的终极标准'。弗赖斯勒博士又说：'根据国家的政治考量，如果有两个人在能力和贡献上旗鼓相当，那么应该优先考虑有较多孩子的那一个。'[i] 先生们，你们应该明白这是什么意思，'当两个人旗鼓相当'，也就是说如果一个法官比另一个差一些，但是孩子比较多，那么就是这个差一些的法官'根据国家的政治考量'会优先得到提升！"

"但是现如今咱们的领导人对谁更好一些谁更差一些做出判断也不是一件容易的事了。而弗赖斯勒博士对解决这个难题做出了贡献。他提出，对一个法官的评价标准是：第一，看他是否参加过世界大战；第二，是否为纳粹运动战斗过；第三，是否服过兵役；而第四，也是最后一条，是不是一个称职的父亲。你们一定发现了，这个法官在法庭上是否公正这一点根本不在考虑之列。"

哈伯曼晃动着一本叫《德意志司法》的小册子，就像挥着一面旗帜。书页打开着，教授让它们在眼前停留了一会儿，继续说道：

"弗赖斯勒博士先是让学生们明白早一些结婚生子是法律专业人士的基本条件，接着他又说：'为了建立新的个人政

---

i 帝国司法部秘书弗赖斯勒博士关于遴选法官要优先考虑有较多孩子的候选人的讲话。见 1939 年 8 月的《德意志司法》。

治观点，必须抛弃许多旧的、传统的思维，必须战胜很多根深蒂固的习惯，只有这样新的事物才能永存。'"

哈伯曼提高了声音："最后一句话的着重号是我加的，但话是弗赖斯勒博士的。我觉得自己有责任警告你们不要理解错了。我们当然明白，秘书先生的意思和他说的完全相反，但是由于德语是一种相当困难的语言，并非每一个'真男人'都具备玩弄它的能力。"说到这里，哈伯曼露出孩子般的坏笑。

有几个学生大声地笑了。坐在前排的年轻人眉头紧锁，摇了摇头。他不明白教授在干什么。小心啊，别做过了！已经有点过了！

可是哈伯曼似乎毫不在意。他放下小册子，从衣袋里掏出一张报纸，然后打开它。

他又重复了一遍："是的，德语是一种困难的语言，而我们很多法律系的学生似乎正在向它公开宣战，而国家法律委员会正在全力以赴地应战，所以我们应该对此稍加留意。委员会主席帕兰特博士曾经汇报过这场战争，他说：'司法考试的应试者对一些重要问题的表述是如此的令人费解，即使绞尽脑汁也看不出其中的含义，这种情况现在并不少见。很明显，应试者们所面临的最大困难是如何写出平实易懂的文件。这些司法考试的参加者甚至在使用"主张""证明""援引""反对"这些动词的时候无法区分它们之间的不同含义，这就证明了他们学术水平之低。他们本来应该在头三年的课程中就学会并掌握这个能力。在大多数案例中，学生们完全没有能力运用他们自己的证人所提供的证据。当需要这些学生解释和澄清一项司法判决时，他们根本做不到。他们连决定一个案子是否立案的能力都没有，这实在令人费解。'"

哈伯曼聚精会神地引用了这段话，使得手中的报纸掉落在地上。

"多么符合事实！"他大声叫道，"多么准确！但是我要再一次预想一个可能出现的误解。"他把手放在讲台上，身体朝前倚靠，热切地盯着坐在前排的那个年轻人。

"不难想象，就算一个学生有能力区分'主张''证明''援引''反对'这些动词的不同含义，他还是可能会发现自己完全没有能力在处理问题的时候建立他的决定的有效性。换句话说，我们必须放开自己的手脚，不要受那些老旧过时的、曾经构成'决定的有效性'要素的概念束缚。先生们，现在我要回到这堂课的主题：'所谓正义就是能够为我们的目的服务。'"

对于哈伯曼先生的课，唯独不能用缺少变化和色彩来评价。确实，一个注重表面的聆听者可能会批评这位博学的法学家总是毫无理由地从一个题目跳跃到另一个题目。但是现在，他突然把课堂拉回到主题。很有可能，根据他在讲课方法和思想态度上的这一怪癖，这种分散和不连贯，可以看出在希特勒上台之前他对自己的职业生涯并不重视。而现在既然出现了一个机会，他也无妨用一些心思来实现它。但是或早或晚，他的表现一定会引起官方的注意，而到那个时候，无论是他百分之百的德国血统还是他在学生中间受欢迎的程度，都无法挽救他落入自己一直在玩的危险游戏所造成的深渊。

课程进入了第二个小时。哈伯曼引入了青少年犯罪的话题。他讲话很慢，令人印象深刻，他似乎很享受自己正在讲的：

"诸位一定很清楚，德国衰败时期长期的高失业率和由此产生的年轻人的道德败坏，是当时令人震惊的青少年犯罪率上升的原因。对于我们这些学习法律的学生而言，一个无可争议的事实是，只有一小部分犯罪是由于所谓犯罪的冲动，而这种犯罪动机在青少年中则更是最小的一部分。相反，正如你们所知，大部分犯罪是客观环境所导致，是源于对生活的绝望。但是，在这一切之上的，是坏的榜样培育了犯罪。这也就解释了在魏玛共和国晚期，一直有大量的青少年犯罪被起诉。然而很不幸，在国家社会主义的德国，我们现在也正面临着一个奇怪的、非常令人不安的现象。先生们，在过去的数年中青少年犯罪率不仅没有下降，反而上升到了一个令人恐惧的水平。我带来了一组比较数据：

一般刑事犯罪

柏 林	1934 年：948 起	1936 年：1485 起
汉 堡	1934 年：566 起	1936 年：979 起

| 科 隆 | 1934 年：328 起 | 1936 年：549 起 |

性犯罪

柏 林	1934 年：22 起	1936 年：72 起
汉 堡	1934 年：26 起	1936 年：107 起
曼海姆	1934 年：10 起	1936 年：48 起

暴力犯罪

柏 林	1934 年：30 起	1936 年：75 起
汉 堡	1934 年：21 起	1936 年：47 起
布雷斯劳	1934 年：1 起	1936 年：47 起

　　"请看，先生们，过去的几年被定罪的青少年犯罪的数量，特别是在大城市中，都有成倍的增长。特别令人不安的是，暴力犯罪、性犯罪、威胁和伤害罪平均增长了三倍。你们也许已经注意到了，先生们，在布雷斯劳这个城市暴力犯罪增长了四十六倍！有关这个有趣的话题，我推荐你们读一篇刊登在《青年德意志》上的文章。[i] 我刚才引用的数字也是来源于此，它确实一直是一本比较靠谱的法律期刊。然而这篇文章却作出一个判断，即失业 '对于德国青年的道德水平下降已经不再

---

i　关于青少年犯罪的增加的相关文章，见 1937 年第 10 期《青年德意志》。

是重要的因素'。"

哈伯曼教授的脸再一次扭成了一张类似蒙古人那样的怪相。此时，他对着课堂发出了一连串辞藻华丽的诘问：

"难道我们不应该认为我国生活的新秩序，我们的元首给我们带来的新的道德激励和他的伟大思想，以及他所促成的令人赞赏而又无所不包的德国理想的实现，会对我们的国家起到净化的作用吗？然而事实却是，举目四望，我们只看到污秽横流，看到即使在德国衰败的年代都无法忍受的令人震惊的犯罪率的回升。先生们，面对眼前的严重退化的状况，面对长在德国人民身上的毒瘤，我们将如何解释？"

教授沉默了。那个前排的学生很有把握地预料，以教授的胆大包天，他下面一定会对自己提出的问题给出纳粹宣传部门通常的答案："外国的阴谋！"或者"耻辱的《凡尔赛条约》！"于是，就会不可避免地引发嘲讽的共鸣。年轻人觉得自己身上起了一层鸡皮疙瘩。要坏事了，他想。要么就是什么人出来谴责我们这位聪明的教授，要不就是班里的同学一起鼓掌起哄表示支持，最终校长出面调查而我们必须接受调查。全能的上帝啊，到底会如何收场？

哈伯曼那一双眯成缝的眼睛仍然看着学生们，但保持着沉默。教室里死一般沉寂。

年轻的学生们都在紧张和期待中等着他们的老师对当局和当局的捍卫者爆发出激烈和愤怒的谴责。同时，每一个人也都在紧张地盘算：我应该怎么办呢？几乎所有人都希望他能说出来，我们都知道他会说出来。但是只有等他真的说了，大声地，清楚地在我们这所古老的大学讲堂里说出他要说的话，我们所希望的慰藉才会真的到来。我们一直以来不断地向各种谎言卑躬屈膝，而他要说的话能让我们找回一点失去的尊严。

一阵短暂而大声的敲门声打断了紧张的沉寂。两名穿冲锋队制服的年轻人闯进了教室。"希特勒万岁！"他们叫道，班里的学生勉强地回应。仪式过后，冲锋队员走向哈伯曼和他的讲台。

教授的头低垂在肩膀中间，像一头公牛看到了红布。他们在门外偷听我讲课？还是有个学生半截溜出教室去告密？如果真有其事，这个家伙就等着倒霉吧！别的学生会给他一个一辈子都忘不了的教训。其中一个冲锋队员走上讲台，面朝学生，用自己的背挡住了哈伯曼教授。前排的那个学生猛地挪动了一下脚，让他英俊而愤怒的脸一半面对其他同学，一半带着威胁的眼色冲着冲锋队员。冲锋队员清了清喉咙开始说话。

"同志们，朋友们，在此关乎祖国命运的时刻——"

什么？又是关乎命运的时刻？我们还有没有不关乎命运的时刻了？这次这个纳粹想要什么？

"在此关乎命运的时刻，我向你们，我的党内同志们，也向你们，还没有成为党内同志的元首的战士们呼吁——"

坐在前排的那个学生开始挪动他的椅子，弄出很大的动静。

冲锋队员继续说道，"我站在你们面前"，他的声音开始升高，"作为帝国食品部的代表和地区负责人，并且作为——"

坐在前排的那个学生开始拍手，固执地、连续地、充满愤怒地拍手。完全不是学生们在表示赞同时的鼓掌。

冲锋队员吃惊地停顿了一下。然后继续说话，希望盖过下面的掌声。

"先生们，"他的声音变成了尖叫，"收获的季节到了，我们的责任要求我们——"但是课堂里响起了更多的掌声，大概有一半的学生加入了进来。哈伯曼教授被冲锋队员挡在身后，而且由于身材比较矮，学生们几乎看不到他，但他此时也像一个疯子一样鼓起掌来。他高举双手，在自己的头顶上拼命地拍。实际上此时的他像一个乐队指挥，在带领全班同学进行一场特殊的音乐会。掌声越来越急，此时已经没有一个学生没有加入了。学生们的面孔——这是最令人惊讶的——都露出疯狂的热切。更准确地说，是一种愤怒和公然蔑视的表情。他们坚决不允许这个穿制服的闯入者，这个帝国食品部的官员在这里说话。不！决不让他在这儿说下去，即使明天早上全班同学都被判处关进集中营。

冲锋队员对眼前全体一致的反抗无可奈何，只能用尽全力喊道："我谢谢你们，先生们，谢谢你们用这样的方式表达你们的赞同。我相信你们所有的人都会在接下来的假期中自愿参加收获季节的劳动。"

透过雷鸣般的拍手声，他勉强又喊出了一个词："东普鲁士！"他声嘶力竭地喊着，好像这个单词的发音有神奇的作用，可以用来压住其他声音。"东普鲁士！你们会被派往东普鲁士，党员同志们——在此关乎祖国命运的时刻……"

此时的他脸红得像一只熟透的龙虾，额上的青筋似乎威胁着要马上炸开。哈伯曼教授仍然高举双手在头顶上拍手，但此时开始减慢速度和力量，班里的同学也附和着他。最终，"乐队指挥"用了一个手势，掌声终于停止了。冲锋队员没有料到会这样，声音也跟着降下来："我们和德国农业精神之间有着天然而密切的关系……"他的声音回响在课堂里，听上去像一只动物在被捕食时发出的哀号。他突然停下来，两眼发呆，像是突然丧失了意识。哈伯曼从冲锋队员的褐色衬衣队服后面露出他最狡猾的表情，苍白的眼睛分明在笑着。

冲锋队员沉默了。但是现在轮到那位前排的同学上场了。他从座位上跳起来，仍然是一半面对冲锋队员，一半面对课堂，鞠了一个标准的几近优雅的躬，眼睛看着地面。

"请允许我代表全体同学谢谢帝国食品部的这位代表，谢谢他做出了清醒的判断。这位代表完全不需要我的保证，他从我们的掌声中就可以判断我们是多么无条件地站在他和我们的元首一边。万一，由于我们的表达过于热烈——班里爆发出笑声——某些重要的指示我们没能听到，那么代表先生完全可以确定我们是如此专注于他的命令，以至于我们都成了瞎子、聋子和哑巴，而且我们迫不及待地想要知道，在这个，或那个，或其他关乎命运的时刻，还要让我们做什么。"

他又鞠了一躬，然后返回到座位上。冲锋队员完全无法了解这段嘲讽得天衣无缝的发言的含义，只能向上举起手臂：

"嗨尔，希特勒！"

"嗨尔，希特勒！"回应他的是他的同伴。从头到尾他只做了这一件事。班里的同学没有回应。哈伯曼教授带着这两个穿制服的人走向门口，以一个谦和的鞠躬送走了他们。然后，好像什么也没有发生过，他回到讲台上继续上他的课。

"我们刚才讲到，"他的眼睛平静地扫视着课堂，但透露出一缕由恐惧生出的战栗，"如果我没有记错的话，我们刚才正在讨论，我们新的威权主义国家在面对有组织的集体而不是个人所进行的颠覆活动时可能产生的困难。"

班里又一次死一般沉寂。坐在前排的年轻人直视着老师的面孔。这位年轻人褐色的眼睛闪着赞赏和敬爱的光。而他的朋友们，这间逐级上升的阶梯教室里坐在他的边上和后面的年轻人们，也都带着几乎是宗教般的神情聆听着他们老师的讲课。他们都非常清楚，教授根本不是"没有记错"，而是"完全记错了"。他刚才所讲的课和有组织的抵抗在任何意义上都没有任何关系。但是他们刚刚目睹了，且作为亲历者参加了这样一场行动。而且非比寻常的是，这个人，这位在行动中未置一词的他们的领头人，现在敢于直截了当地，用清楚的语言在教室里给这次行动命名。

哈伯曼说道："我们第三帝国的刑法专业的学生们，应该知道，没有什么比大众的消极抵抗，甚或是意志坚定的小团体的消极抵抗，对国家造成的威胁更大。"

他停下来看了看手表，然后用很随便的语调做了结尾："根据有关指示，我请准备自愿参加在东普鲁士收获季节服务的先生们举手。"

教室里没有声音，大家都坐着不动。坐在前排的年轻人好像突然很紧张，扫视着班里其他同学。但是没有人举手。

哈伯曼教授有意让这沉寂延续了几秒钟，然后做了一个简单的手势。

"谢谢你们，先生们。"他说。在这句最平常不过的句子中，无疑包含着他的自豪、胜利和感激，以及所有这一切对他而言无可估量的价值。教授高昂着头，迈着沉稳的步子离开了教室，而此时，除了校园中催人入睡的喷泉声，一切都归于寂静。

即使我们的城市遭到轰炸，生活仍旧在继续。年轻的冲锋队员们身着漂亮的制服，迈着整齐划一的步伐在街道上巡逻。没有人会怀疑，城里的任何地方都秩序井然——虽然空气中弥漫着一股淡淡的燃烧过后的气味。

第五章
为了纪念一位英雄

1938 年 11 月 10 日,一纸命令传达到本市的全体政工干部和地区督查总监。

市属刑事警察厅

刑事警察总部
二十四小时值班室

1938 年 11 月 10 日

针对犹太人行动的有关问题:

市属警察总部总监汉斯曼博士于下午七点三十分电话指示:

"为了回答刑事警察反复致电秘密警察总部所提出的问题,特通过电话发布如下指示:

现发布对有影响力的、有财产的、持有德国国籍的、年纪不算太大的、看上去身体还算健康的男性犹太人执行扣押财产和抓捕的命令。

当地政工人员也即将通过电话绝对秘密地发布严格的指令，持有德国国籍的犹太人的财产要被剥夺殆尽。在这些行动中警察不得干涉。只有在不会引起火灾蔓延的地方才允许焚烧建筑物，所以焚烧行动不得在城市地区实施。需要抓捕和查封财产的犹太人总数约为五百人。"

1938 年 11 月 10 日和 11 日，地狱把脱缰的恶魔释放到我们的城市，就像它在帝国的其他城市所做的一样。到处都是火光、废墟、鲜血和眼泪。一群群号叫着挥舞着鞭子的恶棍，那些还不满十八岁的男孩子，依照命令去完成那些将他们自己降格为非人的任务。冲锋队中最凶狠的一伙人乘着卡车在城中各处放火焚毁犹太教堂。他们随身携带镐头和铁锹，按照命令中的原话将非外籍犹太人的财产"剥夺殆尽"。我们这座城市的居民穿行于烈火和废墟中，沉默不语，无能为力。受尽折磨的受害者发出虚弱的呻吟，和政府的代理人们尖锐的命令声混合在一起。

孩子们忙着在商店的废墟里翻找玩具和衣物。在一处，有一架被砸烂了的三角钢琴，底下露出一个金色闪亮的东西，那是一个孩子玩的小号。一个男孩看到了这个小号，他趴在地上奋力地往那架三角钢琴的碎片里钻，想拿到那支小号。他的手突然碰到一个冰凉而柔软的东西。男孩的兜里有一些彩色的小石头、鱼钩、松果，还有一盒火柴。他划了一根火柴，看见一个满脸鲜血的女人的脸，而他自己此时就跪在这个女人的尸体上。男孩发出刺耳的尖叫，引来街上的其他人。两个穿制服的冲锋队员把半昏迷的男孩从钢琴的残骸下拖出来。其中一个冲锋队员年龄非常小，他看着那个死去的女人，面色苍白。

"太恶劣了。"他清楚地说了一句，一边用手搂着那个男孩。

但是另一个年龄大一些的却笑着说：

"干得好，干得利索！"

年轻的冲锋队员把孩子交给了一个看上去像是他妈妈的妇女，然后对他的同伴说："你知道吗，我很庆幸，那天晚上咱们遇到的那个外国人，那个英国人还是哪国人，今天没有在这里看到这一幕。他那天似乎还不觉得咱们会干出这样恶劣的事。"

他返回商店，把尸体拖到房子的一个角落，把一条烧焦的饰有沉重流苏的紫色窗帷盖在上面。做完这一切之后，他费力地走出这片已经空无一人的地方，跟跟跄跄地沿着街道走下去。在一个转弯处，他靠在一栋房子的砖墙上呕吐起来。

11 月 10 日早晨，本市有大量的犹太人——相当大的一部分——已经离开了他们的家。10号前的那几天，很多犹太人从集中营里被放出来，他们中间有很多人逃到了山上。妈妈们拉着孩子们，背上背着沉重的绿色帆布袋，让人联想到假期的户外活动。在被雪覆盖的岩石中间，老人们想找到岩石的裂缝栖身，以躲避那些降临到他们身上的仇恨。很多难民持有护照和外国签证。在我们这座城里，政府派遣的士兵们的行为像个入侵者，但是很多上了死亡黑名单的人此时已经逃到了外国的边境附近。

政府的军人们很愤怒。他们是坐着卡车来的，装备着一流的破坏工具——当然他们是穿便衣的，因为他们是"民众愤怒的自发爆发"——但是他们很难在计划施暴的地点下车。因为警察突然出现了，吹响了警笛。警察挡住了这些年轻恶棍的去路，用武力驱散他们，而且公然蔑视所谓的秘密默契，保护了犹太居民的财产。更麻烦的是，很多"下等的"犹太人根本就不在他们的家里。士兵们非常失望，觉得自己被耍了。他们本来想借此机会趁火打劫，大捞一把，而现在只能把气撒在看着他们出丑的路人身上。很多旁观者戏言："鸟儿已经及时地飞走了"，"鸟巢是空的"。

只有当这些年轻的恶棍在数量上占据绝对优势的地方，他们才会和防暴警察发生流血冲突。如果他们的人数和警察持平，或者优势不明显，更不要说处于劣势，这些"希特勒男孩"就会谨慎地避免冲突。他们忍着怒气回到他们的卡车上，横冲直撞地驶过街道，希望在别的地方碰碰运气。但是当他们到达下一个指定地点时，就会发现防暴警察的车已经在等着他们了。此时他们会立即变得文明一点，向那些警察出示逮捕犹太居民的书面命令。警察们严肃地点点头，然后像对待犯人一样把这些冲锋队员押送到他们要去的地方。即便如此，多数情况下他们也只能无功而返——他们要找的人已经离开了。

弗兰茨·德格迈耶是本城的盖世太保总监。他四十岁出头，有超过十五年的国家社会党党龄。纳粹掌权后不久，这位经验丰富的警官就被调往盖世太保，并且由于他的机智、勤奋和可靠而得到迅速的提升。到了1938年他已经是地区总监，成为这个城市的盖世太保和附近集中营的最高领导。这个地区的"政工干部"和党卫军部队也奉命向他报告并服从他的领导。

德格迈耶有一个妻子和四个孩子，两个男孩，两个女孩，最小的三岁，最大的十二岁。他爱自己的家和他的国家，也爱他的职业。这个职业可以让他全力以赴地为国家服务，并且让他可以把自己的孩子培养成好男人和好女人，培养成优秀的爱国者和优秀的德国人。自从希特勒上台以后，弗兰茨·德格迈耶开始思索很多问题，内心深处不断发生冲撞。周围发生的许多事情越来越让他感到失望。他对国家的无条件服从与他作为一个人和一个基督徒的良知产生了痛苦的冲突。他在

1919 年二十二岁的时候加入了魏玛共和国的警队，直到 1933 年共和国终结，他一直忠诚地为国家服务。即使他对当时的国家有一些不满，认为它缺少威望、荣誉感，甚至缺少信誉，但这并没有妨碍他对这个国家保持忠诚。

但是，当前这个新的政权刚一建立就明显具有某些令人不安的特征。它从一开始就是一个不公正且极端专制的政权。如果说旧的共和国缺少的是尊严和权威，那么新的政权就是要让全体公民对它的膜拜超过对待上帝。说到犹太人，德格迈耶本来并不是十分关心。他的党不承认犹太人，好吧，他自己也对犹太人没有什么好感。他觉得要减少犹太人在本城的影响和他们的人数是一个需要小心行事的计划。他不是很清楚如何能实施这个计划而又不违反公正的原则。"政府总会有办法的。"他想。他已经习惯于在任何有关政策的问题上依靠他的上级。

在执行公务的时候，德格迈耶常会网开一面。作为一个盖世太保，当他接到命令逮捕一个人犯，例如一个天主教徒、一个民主党人，或是一个犹太人的时候，他会在自己的职权范围内让被逮捕的人日子好过一些。他会尽量放宽探监的限制，允许给犯人带食品和衣物。更重要的是，他会对所有的文明国家都会看成是"政治犯"的人特别关照和尊重。他这样做的时候没有觉得有任何不妥。他是在执行公务，但是仍以他自己的良心为指导。

除了偶尔会有一些内心的纠葛，他在1938年11月的那些日子到来之前从来没有觉得自己完全无法接受来自上级的命令。他当然知道，他的某些做法不符合上级的精神，但他总是很小心地不去明显违背上级的指令。他的上级没有指责他，而且提升了他的职务，把更多的权力授予他。但是当他接到11月10日"关于对犹太人采取行动"的命令时，他第一次意识到他被授予的权力居然是用来作恶的。

　　在漫长的数个小时中，秘密警察德格迈耶痛苦地纠结着。最后，他决定反抗他接到的命令。他对自己说，我不能这么干。太恶心，太恐怖了，我不敢承担这个责任。我不能干，我不会干。

　　他没有对任何人说，包括和他相依为命的妻子。他打算一个人完成这个疯狂的计划。为了我的国家，为了德国，我必须全力制止恶行，全力挽救可以挽救的一切。也许至少在这座城市和这个地区不会发生以国家的名义进行屠杀和掠夺的狂欢。是的是的，他继续想，我要做的事是"叛国"和"为德国的敌人充当间谍"。风险不可估量，生命和荣誉都会毁于一旦。他想到了妻子和孩子们，想到了他们对他的爱，以他为荣。生命和荣誉……他重复着。什么是我的荣誉？他突然想通了。他要做的事正是要挽救他的荣誉，清洗这些年在他身上留下的种种污点。他渐渐变得坚定起来。他相信他最亲爱的人最终会理解他要做的事并且为此而更加爱他，即使他会为此付出生命的代价。妻子和孩子们能分辨善恶。他要做的是善,即使这样做会给他和他的家庭带来恶的后果。

盖世太保地区总监弗兰茨·德格迈耶穿上便服,把帽檐压低,溜到集市广场的公共电话亭。他从口袋里拿出一张犹太居民的名单,当地冲锋队司令告诉他这些人会在明天被逮捕,他们的财产会被"剥夺殆尽"。他一个一个地给这些人打电话,报上自己的名字。他的名字会给接电话的人带来恐惧,但同时会使他们信服。他向他们发出警告和行动指示。

"你有护照吗?没有?今天下午去盖世太保办公室六号房间,我会给你护照。"

他要打许多电话。为了避免引起注意,他不断地变换电话亭。到了中午,他回到办公室签发护照,并且签发命令,释放集中营中关押的犹太人。

"他们要被杀掉,"他自言自语地咕哝着,"全体犹太人都要被杀掉,腾出地方来装新的囚犯。但是我要把他们全都放走,让他们去他们想去的地方。一个叛国者放走他们,这个叛国者还要放走更多的人。他还要保护他们的财产,这样有朝一日他们还能把它们领回去——"

他没有继续想下去。我真的要为自己做的事付出生命的代价吗?但是我挽救的是人命啊!这些人没有做错任何事,没有犯罪,也不是天生有罪。我正在挽救无辜人的生命。我一定要为此丧命吗?

那天早上他给沃尔夫医生家打电话的时候没有人接。我得去一趟，他想着。他在名单上，我得去告诉他。

沃尔夫医生自己开的门——当然了，德格迈耶想起来了，他是犹太人，所以不能雇女佣。虽然德格迈耶穿着便服，医生还是认出了他，不由得向后退了一步。

"离开这里，今天就走。这是你的护照，章已经盖好了。马上走。"

大家都知道沃尔夫医生对他出生的这座城市充满感情。如果他愿意，他早就可以找到办法离开这里。但现在他却怀疑地摇摇头。

"为什么？为什么我必须离开？我没有犯任何罪，即使是根据他们自己的法律他们也不能拿一个无辜的犹太人怎么样。"

这是无法言说的一幕：一个犹太人在表达他对国家社会党领导的国家不可动摇的信任，而一个盖世太保的地区总监试图说服他放弃所有的信任并且立即逃离。

"我求求你，"这名盖世太保一边说，一边紧张地把自己的帽子在手里揉搓着，"我从心底里恳求您，救自己一命。"

"我哪儿也不去，"犹太人回答，"而且我斗胆请您离开。我看出了您的好意并且表示感谢，虽然我觉得有些奇怪。"

"这是您的护照，如果您最后决定离开的话……"他说着，转身向门口走去。

他走了。医生还站在屋子中间，摇着头。

德格迈耶像是在一连串梦境中度过了这一天。有的时候像是一阵大风将他带起，使他比平时更加轻松和迅速地行动；又有的时候，他的四肢似乎灌满了铅，即使是拿起电话听筒也要竭尽全力。

"盖世太保地区总监办公室，"他对着听筒严肃地下着命令，"请立即派两个防暴警察分队到市场街十四号制止抢掠。告诉他们必要时可以使用武器。对对，我是地区总监德格迈耶。五分钟以后打电话回来确认命令已经执行。"

11 月 10 日过去了，11 日到来了，没有发生什么特别严重的事情。和"他们"所计划的相比，"行动"造成的破坏是轻微的。犹太会堂确实都被毁掉了，黑名单上的一些商店和工厂也被捣毁了。防暴警察并非总是能及时赶到保护所有的一切。但是人，盖世太保总监想着，人被救了。尽管也不是所有的人都被救了。

沃尔夫医生被抓走了。他被抓的时候没戴帽子，也没穿大衣。他完全不明白发生了什么，就被拖到街上，然后被送去郊外的采石场。那几天天气很冷，而这些白天在那里干活晚上在那里睡觉的囚犯，连一个避风的棚子也没有。看守们裹着厚厚的斗篷，不时从口袋里掏出威士忌喝着，但是他们没有给囚犯们一件大衣，或者让他们到火堆前烤烤火。第一夜过去了，沃尔夫医生的双腿冻坏了。疼痛和绝望几乎使他昏厥。第二夜，他的双手和耳朵也冻坏了。但是看守还是强迫他继续干活。最后他们终于把这个已经不能动弹的人拖到一堵墙边，然后往他的脸上吐口水。他终于昏倒了，由于发烧而浑身发抖，最终被送进医院。医生们不得不把他已经坏死的四肢锯掉。他醒过来一次，可能是难以忍受的疼痛唤醒了他。但是很快他的伤口感染了。医生就这样死了，残缺的身体停止了抽搐。

曾经试图救他的弗兰茨·德格迈耶并不知道他的死。11 月 12 日，他接到命令去十号办公室，因为他的一些手下在工作中出现了一些失职。但是他很清楚，十号办公室的设立不是为了处理这类小事，而是专门处理"叛国罪"和"为敌对国家充当间谍罪"的。他逃走了。和家人的告别短暂而艰难。

"别哭，我会回来的，我一定会回来的。"但他自己的眼睛里也都是泪水。

孩子们看到妈妈很悲伤，也都啜泣着。只有最大的十二岁的女儿明白发生了什么。

父亲对哭泣着的孩子们说："如果别人说我做了坏事，不要相信。"

女儿说："不会的！我知道你没有做错任何事。"

接下来的几天几夜，我们的逃亡者顺着山里的铁路线走着。然后他走上了一条冰冻的乡村土路，又在结冰的湖面上游荡，终于找到了一个没有设防的关口。他确信他来到的这个小国家不会把他这样一个"政治难民"遣返回德国，因为在那里等着他的是即刻的死亡。某天晚上他在一座桥下被发现。因为身上没有证件，他被作为犯罪嫌疑人逮捕。

在我面前是他自己和别人代他所写的一些信件。这些信件告诉了我们这之后的故事——一位消失了的英雄的故事。

很多被他挽救的人现在都在这个国家避难，而挽救他们的人自己却被这个国家逮捕了。他们知道了他的困境，于是尽一切可能来救助他。他们以犹太人难民委员会的名义向该国政府请愿。这件事非常棘手，但仍然有希望。

一位女士写了一封信给一位先生。他们两个人都是因为弗兰茨·德格迈耶的出手相救才保住了性命。

亲爱的鲁道夫：

这几天我一直没有他的消息，所以你可以想象我是多么的焦虑。不知道这位天使——我实在不知道还能怎么称呼他——到底会面临什么。从我上次听到的消息，他的事情进行得很不顺利。有一位 X 先生给一位 Y 太太打过电话，想弄清楚详情，打听他是否真的做过那些大好事。但是因为 Y 太太担心给她打电话的是那边的暗探，所以什么也没有告诉他。Z 先生去监狱里看望过他两次。他很悲伤，但是他还是不相信他们会把他遣送回德国。因为在德国他面临的是死刑。

亲爱的鲁道夫，不用说你也会知道我想让你做什么。这个人也救了你的命。我们现在一定要帮助他，而且我们一定要成功！他明白犹太人都吃过什么苦，所以他可能会陷入绝望。我们对这些苦难已经习惯了，苦难是我们历史的一部分。但是他不一样。他曾经是德国军官，他习惯的是安全的生活。他远离家人，放逐对于他来说是非常痛苦的事情。如果有一百个人每个月拿出来一马克，弗兰茨就会好过多了。我们一定要做到，我们的命都是他救的。

如果有可能，从你的病床上起来为这个人做点事吧！这将是一个重要的道义上的支持，让他觉得他没有白白做出牺牲。他挽救了数百人，这些人本来会以老的罪名再次被捕。而由于他的缺席，逮捕没有发生。亲爱的鲁道夫，我从心底里恳求你为弗兰茨做点什么。有朝一日我会报答你的。他的事情现在凶吉难料，这使我寝食难安。我欠他的，我的命，我丈夫的命，都是他给的。我不会不，也不能不报答他。我不会忘记这个人在我们最绝望和最需要救助的时候所做的事，而且我要把这一切让全世界都知道。你也可以你的名义做这些，就如我以我的名义做的一样。F也一样，他的命也是他救的。我在车站见到给 F 送信的男孩，我让他给 F 带了话，所以 F 也会为弗兰茨作证。他这样做只是出于一个人基本的人格，因为他不能眼看着如此的不公正在眼前发生而无所作为。弗兰茨不是叛国者，他是天使，一定要帮助他。

我们必须派出代表去警察局。我们不能让这样一个好人在监狱里受罪。这个人冒着生命危险帮助受迫害的人。你也知道，他还挽救了上百个房屋免遭拆除。他让我们知道袭击的时间，这样我们可以报警。有些时候正是他本人把防暴警察派到要出事的地方。凡是有防暴警察的地方，暴徒们就没办法动手，因为政府还要给自己留一点面子，还不愿意把自己和暴徒公然画上等号。N的别墅幸存了下来，虽然他们在报告里说已经烧毁了。他们这样说当然是因为烧毁它是在他们的计划之中。求求你，求求你，亲爱的鲁道夫，从床上起来帮帮这个人。信封里有一点钱，等以后你的日子过得比我好了，我会把钱要回来。别为了这个生气，我没有一点别的意思。我知道你什么都没有了。请给我回信，我希望你能告诉我一点好消息。希望你其他方面一切都好。我会很快再给你写信告诉你关于我们的情况，但是现在我为了弗兰茨的事快急死了。致以最热情的问候。

你的，

S.L.

我们在此一字不差地引用这封信，不难看出写信的人饱含着发自内心的焦虑和感激之情。我们面前还有很多信，都表达着同一种心情，同样的感激，同样的绝望，同样的激动。而这个男人，弗兰茨·德格迈耶自己也从监狱里写信。他的信里没有一丝埋怨，没有一个字呼吁别人为了自己的壮举而伸出援手。他只在一个地方问道："我做了什么要忍受这么多痛苦？"他挽救了数百人的性命，而此时他在问自己做了什么！

关于德国公民弗兰茨·德格迈耶的坏消息不断地传到犹太人难民委员会。一开始这个自由和民主国家的政府表示惊讶，不明白"一个犹太人的委员会"怎么会为"一个雅利安人的事"求情。从"高层"来的消息是建议把这件事交给一个"雅利安人的组织"来处理，因为这样在处理问题的过程中"可以消除德国官员的不快"。最后他们看到了一份德国领事馆的声明，声称"无意对德国刑事警察总监弗兰茨·德格迈耶提出指控"。听说决定已经作出，就是将这位德格迈耶先生释放，使他可以自由地返回他的国家。但是他拒绝了，说他永远不会自愿地回国。

他写道："不知道内情的人可能不了解我的行动，就像他们不了解所谓的对我'无意提出指控'一样。但是对你，亲爱的 D 先生，我可以直言。我可以告诉你，在领事馆这份善意的承诺后面等着我的是国家秘密警察和党卫军头目的严厉命令。这些机构是你根本无从碰触的。在做出这个永远不自愿回国的决定之前，我的内心曾经激烈地斗争过，因为我知道这意味着我可能此生再也无法见到我亲爱的妻子和孩子们。但是我没有别的选择，虽然眼前一片黑暗，但我不会丧失勇气。我会接受自己的命运，因为这是唯一的选择。我会永远不回头地走到底。"

时间一天天过去，德国领事馆的要求越来越强硬。这个从来没有拒绝过政治难民的民主国家的政府接受了这件事"完全和政治无关"，而不过是一次误会的说法，拒绝了那些被这位"天使"挽救了生命而现在想挽救他的生命的人们的呼吁和请愿。

弗兰茨·德格迈耶被遣送给了纳粹当局。他的最后一封从监狱写出的信沾满了泪水。他的笔迹是颤抖的，但是用语可以看出这位英雄内心的平静和自我控制。他写道：

现在是早上四点半。我想尽快告诉你们，最坏的事情发生了。他们马上就会把我带走，几小时之内就会把我交给德国当局。接下来就不知道会发生什么了。他们对我的生活很照顾，但是我的内心很痛苦，直到现在还是如此。在这里我向你们和你们的家人告别，向所有给了我那么多爱的人告别，并祝你们有一个愉快的未来。我把我的命运交给一直眷顾着我的上帝。

你们诚挚的

弗兰茨·德格迈耶

本城最令人愉快的地方之一就是老乌鸦酒馆。酒馆在集市广场边上。不管是谁,只要和一个朋友坐在里面,桌子上放一大罐啤酒,他的脑子里肯定只想着轻松的事,一边喝着,一边和朋友无话不谈。

第六章

一个逃进城里的农夫

晚上七点进站的夜车每天在下午三点多一点会在一个农村小站霍尔兹豪森停一下。但是通常在这站没有一个乘客下车或是上车。每逢遇到这种情况,火车就像是对这个小站表示一下礼貌,拉一声尖锐的汽笛,然后立即开走。村子里的邮件和货物都在邻近的一个站装卸,所以霍尔兹豪森小站纯粹是为了方便偶然出现的乘客,比如附近村子里的农夫和本地的牧师。

今天的乘客是一个小伙子,离发车还有二十分钟时他到了车站,现在正在两条铁路之间的站台上站着等车。小伙子有一张古铜色的脸,一副精瘦的身材。他今天的样子很古怪,因为他显然把自己所有的衣服都穿在身上了。里面是一件杂色衬衫,外面套了一件厚厚的羊毛衫,再外面又穿了一件他只有进城才穿的深蓝色外套。除此以外,虽然天气不冷也没有下雨，他头上却戴了一顶巨大的防水帽。他的帆布背包塞得满满的，像是随时要炸开。一只手提着一个破破烂烂的仿皮皮箱，另一只手抓着几个用报纸包起来的包裹。

他是一个人驾着马车来的，坐在一辆典型的农用马车的前排座位上。家里的活儿太多，没人有时间来送他。到了车站后他跳下车，卸下行李，然后把车掉转头，把缰绳搭在那匹母马的脖子上，拍了拍它光滑的胁腹，然后看着它拉着车消失了。他知道它能找回家的，即使他不在驾车人的位子上。

"家！"这个词在他脑子里闪过的时候小伙子的心猛地沉了下去。这不是一般的出门，而是一次不知归期的远行。他这是要离开家进城讨生活。虽然只有四个小时的路程，但是城市对他而言是完全陌生的。他只在小时候进过一次城，其他时间从来没有离开过乡下。他所认识的人都是农夫，小伙子也从来没有想过自己会去做别的事。做一个农夫对于他来说是最自然，也最合情合理的。

自从德国变成了"第三帝国"，一切都不一样了。一开始农夫们都希望出现对他们有利的变化，但很快他们就失望了。这些变化迫使一个又一个农村的小伙子和姑娘们转身离开，抛弃生养他们的土地和家乡，逃到城里去。他们想在城里谋得一份养活自己的工作，不管这份工作有多么寒酸。既然离开了家，他们也就不再指望能和在家的时候一样生活。

小伙子感到了离乡背井的沉重。关于这个话题已经没什么可说的了。一旦他们因为"事情不能再这样下去了"而做出了离开的决定，就必须接受事实。他离开家的时候父亲在菜地干活，哥哥忙乎着牛棚里的事，只有妈妈送他出了大门，挥着手直到看不到他的马车了。她还喊着说了些什么，但是他没听清楚，因为恰好在这时家里的狗内洛愤怒地狂吠起来。好像我是小偷一样，小伙子想，好像我是在逃跑呢。

现在火车喷着气进站了。小伙子回想起刚才的情景。"好像我是在逃跑呢。"他又小声嘀咕了一遍。它是对的，可怜的老内洛，我就是在逃跑。最近有新词用来形容我正在做的，上级把它称作"逃离土地"。他们在官方的文章和出版物上都是用的这个词。

三等车厢里有个隔间坐着四个女人。她们带着敌意沉默着，一起挤了挤，给小伙子腾了个地方。他礼貌地说了一句"下午好"，但没人回应。女人们的脸像是用木头刻出来的，额头和紧闭的嘴唇显示出内心的不满。其中三个女人膝上放着篮子，第四个抱着双臂，四个人都默不作声。

过了没一会儿，小伙子就开始觉得无聊了。一直盯着窗户看外面的风景毫无意义，因为这些风景和他在自己村子里看到的没有任何区别。为了找点事做，他开始解开自己的行李，把里面的东西一件一件地摆在木制座椅上。都是我的宝贝啊，他动情地对自己说，现在就把它们都拿出来真的是太早了。但他从小就是这样。清早出发去地里干活儿，刚一出门就会先找个树荫下把带的午饭拿出来吃掉。而这时刚刚吃过早饭，还一点活儿都没干呢。

他一下就想起来小时候的事。我现在和小时候一样笨，他这样想着，一面温柔地看着从家里带出来的纪念品。这是一个镶着金边带有雪绒花图案的小花瓶，是他九岁的时候妈妈送给他的，为了奖励他把手夹在了脱粒机里但是没有哭。这是祖父送给他的歌曲集，而他几乎从来没有打开过。这是一张彩色照片，照的正是韦伯农场——他家的农场，照相师把天涂成了勿忘我的蓝色，把太阳涂成了生姜的颜色。这张做成心形的照片是他最珍视的。他对自己说，我的家看上去就是这样的，简直一模一样；而现在他觉得已经离开家很久了，不知道家乡是不是还和他走的时候一样。

最后他看到一只铜制的小鞋模子，上面刻着他的名字：克萨韦尔·韦伯。他仔细地看着上面的字，拿在手里放了一会儿才把它和其他纪念品摆在一起。他笑了，简直不能相信他曾经这么小啊，只有这只小鞋模子能够证明。

在把所有的纪念物都理了一遍之后，他开始把用来包东西的报纸弄平。克萨韦尔并没有读报的习惯。在家的时候都是父亲读报。父亲总是仔细地研究报上登的各种政府通告和法令，然后告诉家里其他人应该如何应对。但是现在他闲着没事，于是开始像他父亲那样读起报来。

"今天，一个公开的秘密就是，我们的人民正在为生存空间而开展一场英勇的战斗。"[i] 报纸上这样写着。小伙子吸了一口气。这说的是什么? 是什么? 他想。我们明明是缺少劳动力,所以政府才特别反对"逃离土地"。我们已经没有足够的人在现有的地里干活儿,怎么又要去为生存空间而战? 他摇摇头,继续读报:

"因为经济的飞速发展和我国在政治军事方面的安全隐患,这场斗争十分必要。这个艰巨的任务要求我们动员举国上下一切力量,让尽可能多的劳动力脱离普通的工作而去完成这个头等重要的任务。这似乎使得相当多的德国人产生了一种错误的印象,他们认为德国已经不可避免地要使自己成为一个纯粹的工业国家,而我们正像英国一样要让自己的农业人口转变成工人。这样的观点必须给予有力的否定。1933年我们的元首对全国的农民代表作出过承诺,德意志帝国一定是一个农民的帝国,否则就不会存在。这一承诺今天依然有效。这将继续是一个基本的政治原则。"

克萨韦尔放下报纸。光线越来越暗了,报纸上的字开始难以辨认。他想整理一下自己的思绪,因为纳粹的报纸实在是把他弄糊涂了。他看了看那几个女人,发现坐在对面没有拿篮子的那个长得很像他的妈妈。他凑过去,把刚才读过的报纸放在她眼前,问道:

---

i 政府农业部关于德国人民正在卷入一场争夺生存空间斗争的有关言论。见1939年7月7日《国家社会主义者通讯》。

"能请你给我解释一下这个吗？这上面说 1933 年元首说过德国一定要是一个农民的国家，否则就会消失。但是德国直到现在都不是一个农民的国家，因为工业变得越来越重要，而农业要为重整军备让路。请你帮我解释一下，元首在 1933 年说的话今天应该怎么理解？难道说德国正在消失吗？"

那个女人说："我不懂这些。但是我们的元首爱农民，一切都会好的。"

小伙子碰了钉子，只好又拿起另一张皱皱巴巴的报纸，试着弄平它。车里的灯光亮了，车外的风景一下子没入黑暗中。

这张报纸是《德意志生存空间》。克萨韦尔知道从这里得到的都是最准确的官方信息。

"流通费用、行政经费和非生产消费的总额是三百八十五亿马克，这个数字比整个德国产出的黄金价值三百二十四亿马克还要高出六十一亿。[i] 造成这一差距的原因可能是农业的问题。后者放弃了自己在国民收入中本应日益增长的份额。"

放弃？好像我们可以不用为了国民收入而放弃我们的自由似的。我们是自己放弃的吗？我不记得了。他接着读道：

"从 1933 年开始，德国农业受到帝国食品部颁布的土地继承法和其他限制性法令的制约，旨在适应艰难的战时经济

i　关于流通费用、行政经费和非生产性消费的数字，见 1939 年 7 月 14 日《人民与经济》。

体制。这些限制使得农业不能像其他行业那样得到发展。的确，虽然农业的产量逐年增加，但是其在国民收入中的份额却停滞不前甚至略有下降。具体而言，每年农业做出的牺牲在四十亿到五十亿马克之间，所以从1933年到现在一共牺牲了二百亿马克。由于各种原因，这一负担更多地由小农户负担，而对大农场影响比较小。这一牺牲导致了大量的农民和甚至人数更多的他们的妻子被迫离开故土——逐渐增多的'逃离土地'有助于解决困境——在物质和精神上都到了崩溃的边缘。我们的元首本人把这一现象称作是难以置信的。"

小伙子暗想：是啊，确实难以置信。但是他们为什么要在政府的出版物上谈论这些呢？简直好像是某一个"物质和精神上"濒临崩溃的农夫把这篇文章偷偷放到报纸上去的。我们没有打仗，那为什么我们非要实行一个"艰难的战时经济体制"呢？为什么"由于某种原因"这个牺牲要由我们这些小农户而不是大农场承担呢？

不过在文章的结尾他找到了一点答案：小麦和燕麦的出口补贴让大农户赚足了钱，而当出口下降时他们仍然能赚大钱，因为进口饲料被禁止了，于是饲料价格疯涨。大农场一般长于农作物种植，而小农户则专门饲养牲口，所以遭殃的是小农户。他们现在买不起饲料，怎么喂牲口？就算大农户也饲养牲口，但他们可以用成本价，也就是自己多余的饲料来喂，小农户怎么能和他们竞争？

小伙子悲伤地想，这就是这些年我们的牲口交易逐年下降而那些大农户的交易却逐年增加的原因。但是为什么政府会允许这样的事发生呢？他们有权给我们这些小人物一个更加公平的交易啊！

火车在一个站停了下来。克萨韦尔这个隔间里有三个女人下车了。那个坐在他对面长得有点像他妈妈的女人留在原位。他觉得她一直想和他说话，只是碍于刚才下车的那几个女人在场所以没有开口。

突然，她开口说道："我得去银行。我丈夫让我去，是关于分期贷款的事。他自己没空。他们想拿走我们的农场。可是根据他们的法律，我们的农场是可以继承的，也就是说永远是我们家的，过一千年也是，所以他们不能把它拿走，对吗？但也许……"

小伙子不知道应该对她说什么，只是说：

"如果你欠了很多债，你明白吗？我们都欠了很多债。这都是因为我们做出的牺牲。两百亿马克——这就是我们农民被拿走的钱，我刚刚从报上读到的。"

女人点点头。"我们都欠债。我们雇的人都跑到城里去了，因为我们付的钱少。但我们是按照法律规定的数额付工资的。以前一个雇工干一个小时可以拿到十四芬尼，现在我们只能给他们七芬尼。七芬尼确实少，但这是法律规定的，而且我们

能付这个数已经不容易了。"[i]

克萨韦尔把自己刚才掏出来的东西又一一包起来了。既然这个女人在和他说话，再让她看到自己的这些宝贝就有点不好意思。

"我们也雇不到人，"小伙子说，"我要进城是因为家里的东西不够吃了。哪怕他们让我们留下自己家的牛奶和蔬菜也好啊！可是我们要把所有的东西都交给帝国食品部，而且他们的控制一天比一天严格。"

女人两眼一直盯着车窗外，好像她能在黑暗中看到什么风景似的。

"所以说，"她说，眼睛不看克萨韦尔，"你正在加入他们所说的'逃离土地'？唉！我不会为此责备你。如果他们拿走我们的农场，我们也得照样。我们还算走运，不然的话土地早就被拿走了。我丈夫说军事部从1933年开始已经征用了上百万英亩的土地，他们在上面建兵营、工事、飞机场，还有军用道路。我丈夫说我们所在的区军事上不太重要，所以还算走运。"

但是克萨韦尔并没有仔细听。他的脑子里还是想着他最大的敌人，帝国食品部。

---

i 未婚农场帮工的年薪在1933年之前是980马克，希特勒政府将其降到820马克。数字来源于马格德堡（萨克森-安哈尔特州首府——译者注）政府专家对黑森地区情况的报告。

"我明白，当然了，一个国家必须得修工事和军用道路，这个大家都懂。我不明白的是帝国食品部在干什么。设立这个部不就是为了让我们有足够的东西吃吗？城里人都跑到乡下去找吃的，他们说城里吃的东西不够。问题是我们这些种地的自己也吃不饱。"他突然发问："请说说，你有几头牛？黄油和牛奶够吃吗？"

女人回答说她们有二十头牛，但根本谈不上有足够的黄油和牛奶。

"我们拿到的牛奶都是被撇了油的，"她说，"所有的东西都要交给帝国食品部，然后他们每星期给我们两磅黄油。但这个黄油不是我们自己产的，而是从城里来的。这些黄油经常已经变酸了，因为在路上耽搁了太久。我们哪怕能留两磅自家的黄油也好啊！但是不行！我们只能拿到过期的变酸的黄油。"

克萨韦尔点点头。"我们那儿也一模一样。我们有足够的奶牛，都是好奶牛，但什么也吃不上。"

女人顿了一下，接着说："别的地方也一样，但这也没什么可安慰的。我丈夫说南边的奥地利，农民们早就闻风而动了。有两成多的农民已经跑到城里去了。[i]到处都一样。你也是要进城吧？"

---

i 多瑙河区域农场主组织领导人关于奥地利农场主和农民的报告。见《国家社会主义者通讯》。

克萨韦尔答道："咱们马上就要到了。"他一点也不想在城里住，一想到这个就害怕。每次想到城里乱糟糟的大街，想到一会儿就要在这些大街里穿行，他就打心眼里希望他没有离开自己安宁亲切的家。

"我的哥哥已经回家了。"他不无嫉妒地说，"他是长子，根据新的法律可以继承农庄。但我还有一个表兄在城里，他叫卡斯珀，已经来了五个月。我希望他能来车站接我。"

妇人说："在城里你就别指望谁能准时，到处都乱糟糟的。我去我姐姐家，明天早上第一件事就是去银行。"

火车进站了。要和这个女人分开了，克萨韦尔觉得很难过。虽然她和他不是一个村的，也不知道她家的农场什么样，但她毕竟也是从乡下来的，所以是最后一个和他的家乡还有一点关系的人。

"祝你好运，"他说，"我肯定他们不会把你的农场拿走的。"

这会儿已经只剩他一个人站在月台上了。他四下张望，看着车站进进出出汹涌的人潮，但是卡斯珀不在其中。

"如果我没来车站，就直接去集市广场的老乌鸦酒馆。"这是他表哥给他的信上写的。

克萨韦尔背着沉重的背包，穿着一层又一层的衣服，右手提着箱子，左手抓着他的纪念品，额头上开始冒汗了。带雪绒花图案的小花瓶从报纸包里滑落出来，掉在站台上摔碎了。

小伙子咬咬牙，咕哝了一句："真是个好兆头。"然后出发去找老乌鸦酒馆。

他沿着从车站通往市中心那条又长又宽的大街走着。在理奇索夫大酒店门口他停了下来，打算喘口气。他觉得这家大酒店就是大城市奢华和壮丽的象征。门童看见他，咧开嘴笑了，同时招呼几个穿制服的行李员过来。他们看着他一身的农村打扮都忍不住笑起来。

克萨韦尔赶紧走开了。

你们就把我当成刚从动物园里跑出来的什么动物就对了，他想。接着他快步疾行，好像刚刚干过什么坏事似的。逃离土地！他想。好了，酒馆到了。

走进老乌鸦酒馆，他看见卡斯珀和一些工人围坐在一个长条桌子四周。克萨韦尔费了一点劲才认出他来，因为他的脸色变得很苍白，像个城里人。因为有陌生人在场，克萨韦尔很尴尬地说了一句"嗨尔，希特勒！"，算是和他的表兄打招呼。其他人对他投来不信任的目光，"日安！"他挂好他的风雨衣和外套，坐了下来。

他开始给他们讲农村家里的情况如何日益不堪忍受，而当他谈起这些，他感到周围的人纷纷开始同情他。

克萨韦尔很快就发现帕斯卡的变化不仅在脸色上，他说话和想问题的方式也有很大变化。他现在比在村里的时候能说会道多了。

卡斯珀问他："愿意加入我们的俱乐部吗？"

他想先知道是个什么样的俱乐部，然后再做决定。

卡斯珀说："你肯定合适，你是我们的一员。一听名字你就知道：低端人口俱乐部。"

小伙子吃了一惊。周围的工人都笑了。

"是啊是啊，"卡斯珀接着说，"这张桌子周围坐着的人没有一个原来就是工人。我们不是无产阶级，我们是农民，或者是政府官员的儿子，也有艺术家，或者干脆就属于'多余的个体商人阶级'。明白了？但是现在我们都是工人，我们都是低端人口俱乐部的。"

克萨韦尔说："我不知道这个词。这是个外国词吧？不管怎样，我不喜欢这个词，这是个侮辱人的词，对吗？"

"根本不是，"卡斯珀一边说，一边使劲摇着头，"没有任何侮辱人的意思。正相反，我们对自己的新头衔感到很自豪。只是我们不能忘了我们并不是自愿接受自己现在的身份的，我们是被迫接受的，这一点每个人都不应该忘记。"

周围的人都在点头。他们自己似乎没什么要说的，卡斯珀成了他们的代言人，还有另外一个长着一张睿智面孔的老者。老者开口说话了。

"我以前是个金匠，这个俱乐部的名字就是我起的。我以前有个小作坊。我敢说城里没有一个人的手艺能超过我。现在我在一个流水线干活，自己的小作坊被关了。"

卡斯珀说："你看见了？这个高手现在被迫干这个。"

克萨韦尔想了想，然后说："没人强迫我；除非说，嗯——除非说是命运。"

大家都笑了。其中一个人说："命运？总是说命运。你为什么跑到城里来？是因为你在乡下吃不饱肚子了吧。那么谁应该对此负责？是命运还是帝国食品部？"

克萨韦尔说："我明天一早就去劳工部报道。听说他们需要工人。他们会把我派到你们干活的工厂吧？"

卡斯珀耸耸肩。"我希望如此。不过我敢和你打赌，他们只会给你两个选择，去矿井或者去西边修工事。你更喜欢哪个？"

克萨韦尔说他两个都不喜欢，他也不相信卡斯珀说的。

"这是罪犯才去的地方！"他大声说，"他们凭什么把我送去那种地方？他们和我一样清楚乡下的情况，他们不能强迫一个人去过那样的日子。"

克萨韦尔看看四周，接着说："最重要的是，到处都是政府的暗探。你们想知道为什么我最终还是离开乡下了吗？换句话说，是什么让我下了最后的决心吗？"

工人们点点头。

"他们不允许我们给自己的鸡喂比较好的饲料。卡斯珀，这个你知道。帝国食品部的暗探不停地在乡下转悠，确保所有的鸡只能吃到最差的东西，但是他们又不能接受这些可怜的鸡因此不能生蛋。现在你们自己也能想到——我们只能尽力让鸡吃得不是最坏，虽然我们其实找不到什么还过得去的东西来喂它们。当然了，我们得特别小心。我们得随时预备一桶泔水和其他什么乱七八糟的碎块给那些暗探看。

"本来一切都好好的，直到前几天。一定是我们养的鸡给了政府暗探们过于好的印象，或者是有人告密，这年头什么都说不准。总之，上个星期从城里来了一个人，说他的妻子病得很重，如果吃不到一点好的东西补身子就活不下去了。他说，城里什么也买不到，然后跪在地上求我卖给他一只鸡。就卖一只鸡。我不能看着他的妻子死掉，对吗？我告诉他，我们也需要这些鸡，如果就这样卖给他，那我们就没法按照鸡的数量上交足够的鸡蛋。

"可是这个男人不断地哀求，最后他说动了我，我把最好的一只母鸡卖给他了。这只鸡是我偷偷用大麦喂的。这个男人千恩万谢，说是救了他太太一命。这个混蛋！我敢打赌你们猜不出来他要这只鸡干什么。他把鸡杀了，在它的胃里检查出大麦粒——这个下流的间谍！帝国食品部派他来检查我们有没有喂我们的鸡吃粮食！"

"几天以后，我们收到了食品部的信。他们在鸡的胃里发现了粮食。我被列为怀疑对象，等待他们的下一步措施。我简直气疯了，恨不能把那个间谍撕成碎片。但是我只是把那封信撕碎了，并且当天晚上就决定已经没有理由再待下去了。我没有必要继续忍受他们这样对待我，好像乡下的日子还不够悲惨似的。'我们将采取进一步措施！'我让他们看看什么叫进一步措施。我要进城里去！最起码我不用让那个食品部一天到晚骑在我的脖子上，我要进城让自己过上诚实体面的日子。"

低端人口俱乐部的成员们认真地听完了他讲的故事。

"我跟你说，"表哥卡斯珀终于开口了，"你离开乡下进城来是好事，我们欢迎你。但是，你最好别做白日梦——如果你还能在夜里做梦的话。我的意思是你别让劳动介绍所或者工厂里的工头知道你的白日梦。你说体面的日子？告诉你，你得先能让自己填饱肚子。好几个星期了，我们这儿除了鸭蛋什么也没有。刚才你在说母鸡的时候我还一直在流口水呢。

"我们有几个人养了几只山羊，这样我们至少能喝到一点羊奶，或者吃一点奶酪。可是没想到暴发了口蹄疫。没有足够的兽医，更没有药，他们也不采取隔离措施防止疾病扩散，所以所有的羊最后都死了。不光如此，我们还被帝国食品部给了个'警告'[i]。你听听吧：'山羊的数量减少了十二万两千头。屠宰这些羊给全国的食品供应带来了短缺。'这些混蛋坚持说问题不在口蹄疫，也不是因为饲料短缺，那是因为什么呢？你做梦也想不到，他们居然说是因为我们的收入太高了！所以

---

i 帝国农业部的"警告"。1939 年 7 月 14 日发布。

我们才变得无所顾忌,吃掉了所有的羊! 怎么样,没想到吧?
是啊,不错,养一只羊也算一份工作。但是食品部的人也不想
想,我们都是工人,但是我们就算不愿意也必须养羊,因为我
们被告知这是为了'国家利益',是为了'国家食品供应'。有
时候你没法不觉得这些当官的都发了疯:谁都知道,你可以强
迫工人们做任何事,但是你他妈的居然强迫他们养羊! 这不
是荒唐透顶吗? "

　　小伙子傻眼了。原来如此,他从乡下跑到城里来,还是躲
不开帝国食品部!

　　他说:"真让我大开眼界了。但是总有它抢不走的吧? 每
天晚上和星期天我总是可以像人一样休息吧? 要是在乡下,不
用我说你也知道——"

　　卡斯珀打断了他。"别急,我先来告诉你上个星期天的事。
星期六他们就通知我们星期天早上要开会,所有的人都必须
到工厂来。好吧,我们已经习惯了。星期天早上经常会有什么
大人物要来训话,或者是什么政治庆祝集会。所以我们都穿好
了假日的衣服,像好孩子一样赶到了工厂。你猜猜他们让我们
去干什么? 去做大扫除! 清扫库房,整理文件和各种其他破烂
儿,说是向四年计划献礼。星期天! 但是这回我们不买账了!
我们不干! 我们找到了一个冠冕堂皇的理由。我们说要是把
我们星期天穿的衣服弄脏弄破就不符合四年计划的精神,因
为这意味着我们还得买新的——谁也不知道由价格委员会规

定不许涨价的衣服到哪儿去买——所以是一种浪费! 就这样, 我们谁也没有参加大扫除。"

随着谈话的进行, 克萨韦尔变得越来越沉默寡言。他问道: "最后他们让你们走了吗?"

那位给俱乐部命名的前金匠接过了话头。

"我跟你说, 我觉得你进不了我们的工厂。卡斯珀说得对, 他们很可能会把你送到下一个劳工分配点。但是只要你在一天, 你就可以学点东西。如果你被送去西部或是别的什么地方, 你在这儿学的东西都会用得上。你想知道他们最后是不是让我们走了。是的, 他们让我们走了。但是走之前我们先得听一通冗长的关于'加快劳动生产'的漂亮话! 你要知道, 自从他们的猪脑子里想出了那些馊主意, 比如不允许工人换工作, 比如工资不能超过他们规定的限额等等, 自从那时起, 你也许觉得好笑, 所有工厂的生产量都在直线下降, 所以那些大官们都急得要命。昨天的报纸上有这么一段, 你听着:

" '不幸的是, 有一件事是无法核查的, 就是不被允许换工作的工人生产量的下降。如果换一个地方工作, 他们可能得到更高的收入, 而且劳动时间也可能缩短。' 他们这回可算是说对了一次, 这些大人物们, 这种下降不是你们能制止得了的。" [i]

---

i 关于产量下降的信息。见 The Circular of the Brick Distribution Office, 1939 年 6 月 20 日, 柏林。

小伙子问:"你们是故意磨洋工吗?"

卡斯珀笑了:"一点都没有。我们快不了。谁要是告诉你我们是故意磨洋工你千万别信他的。拿那么一点工资,吃得那么坏,我们没法干得更快,明白吗?"

小伙子点点头。

"我来给你一点忠告吧。"前金匠说。他看上去实在虚弱得不像一个能快一点干活的人。"你要是读报纸就先读经济评论! 那些社论啊什么的破玩意儿就不用读了。经济评论是唯一能告诉你一点真相的东西。你有没有在某一刻停下来想过:是的,我们确实缺少食物,也缺少衣服,但是不管怎么样我们有很多煤,而且我们也出口很多煤。那么,如果有一天突然连煤也没有了,你会不会觉得吃惊? 这时候你可能又会想,是因为我们的分配系统越来越复杂。在这个愚蠢的'强制经济'体制下事情很容易搞乱。但是我告诉你,根本不是这么回事。

"让我来告诉你——不过你不要告诉任何人——我们一向认为很富裕的自然资源,煤,确实已经短缺了。他们任命了一个德国煤炭经济的特别委员会。每当他们任命一个这类委员会的时候,都好像是给一个马上要死的人找一个医生,这绝对是个他妈的坏兆头。他们发现短缺并不是什么分配系统出了问题,而是因为消耗量在发疯一样上升,但同时生产量却在下降。是的,年轻人,确实在下降,虽然他们强迫每个矿工每天多工作四十五分钟。你明白什么意思吗? 在鲁尔矿区去年一季度开采了六千四百万吨煤,而今年一季度只开采了六千三百三十万吨煤,尽管今年他们让每个矿工每天多工作四十五分钟。有意思吧?你自己都可以算出来。那个矿区有三十一万两千名矿工,每个矿工每天多工作四十五分钟,这样在每个月的二十六天工作日里就多出来六百万个工作小时。结果是什么呢?生产量下降!"

老人停顿了一下,让听他说话的人有时间想一想。"当然,你会说也许是因为他们抽调了很多矿工去干别的。但是事实并不如此。没有多少矿工被调走,因为采矿太重要了。实际上,如果不是消耗量的疯狂上升,少生产一点煤也没什么。他们说消耗量的上升是因为我们的'自给自足经济',也就是说我们需要的一切都要自己生产。你能想象他们为了生产那些人造纤维和铝制品要用掉多少煤吗?后果是什么?就是我们现在的煤已经需要进口!今年我们进口了五百七十万吨,比去年多五十万吨,而去年的数额已经太大了。而我们的出口呢?从五千九百六十万吨下降到四千九百二十万吨。而煤几乎是我们唯一的外汇收入来源!"[i]

克萨韦尔被这一串数字弄糊涂了。

"你在暗示什么?我是说,你到底想告诉我什么?"

"我什么都没有暗示。我只是用数字告诉你事情的走向。

---

i　煤炭进出口数字,见 1939 年 8 月 15 日《新苏黎世报》。

所有的事情都在走下坡路，对吧？下滑得很快。我们应该心里有数，最终的结果就是战争。将军们已经制订好了战争计划，而我们这些在工厂干活的人就是在加速落实他们的计划。我们得用自己的脑子想问题，不要让那些大人物把咱们蒙了。"[i]

卡斯珀对他的表弟说："你现在怎么想？我们把一切都告诉你了，现在你是想回村子里呢还是想留在这儿？"

小伙子没有回答。他在努力想清楚这一切。我们得用自己的脑子想问题，别让那些大人物把咱们蒙了。他反复在心里咀嚼这句话。当农民是我们的命运，这是大人物说的。农民的农场是灵魂和精神的家园，这也是大人物说的。但是事情在快速地走下坡路，这是我们自己看到的。连我们一向认为资源丰富的煤都在短缺——疯狂的自给自足经济——化纤和铝工业用掉了所有的煤——不能（或不愿意？）像以前那样生产的工人们——这些也都是我们自己观察和思考得出的结论——可是我还想相信城里比乡下好过。

他大声说："你说怎么办？明天我要不要到劳工局报道？"

卡斯珀问老工人的意见。

"很少有人能提出好的建议，也许在这件事情上根本就不存在好的建议。几乎可以肯定的事只有他们不会让你去你

---

i 将军们访问过各个工厂。参见 1939 年 8 月德国陆军总司令布劳希奇元帅抵达莱茵金属公司时的讲话。

想去的地方，而是会把你送到你不想去的地方，很可能是西线。"

小伙子说："坦白讲，我完全不明白这都是怎么了。我们乡下缺人手，但是今年夏天他们还是从我们那儿征用大批人去修工事，或者进工厂。然后，他们又从工厂送来很多人帮助我们收庄稼。所有这些人都从来没干过农活。你们真应该看看他们怎么干活，他们连铲子和水桶都分不清！让他们帮我们干活，实际上是越帮越忙。何况我们也没东西给他们吃，因为食品供应赶不上这些人员的流动。有谁能告诉我这一切到底是为什么？"

没人搭腔，卡斯珀对表弟赞成地点点头。

"这一切并不意味着什么，"他轻松地说，"事实上这些做法毫无意义。但是你必须记住，有各种各样有权力的人，每个人都有特定的权力。一旦他管辖的那一块缺少人手，他就会向距离最近的城市的劳工局，或者最近的工厂、矿山或者村子发出用人的指令。但是接到指令的地方自己也缺人手，所以那些地方的当官的再向其他地方发用人指令。就这样，所有的人被派来派去，但是毫无意义！"

卡斯珀看见他的表弟伸手去拿行李，笑着说："不管怎样，今天你就住在我那儿。至于以后怎么办明天再说。"

克萨韦尔感激地点点头。"不管怎么样我都要去报到。反正找工作没有错。我倒是要看看他们要让我去做什么苦工。我既然已经离开了家，就总不能闲待着，我也不愿意饿肚子。所以我还能怎样呢？我去报到——就这么定了。"

但是他没能去报到。命运赶在他前面击碎了他所有的美好期望。

第二天一清早，一个盖世太保出现在卡斯珀的小屋子里，问有没有一个小伙子在这儿。村里有人报告他可能在这里和他的表兄在一起。他在吗？

"跟我走。"盖世太保命令道。

"为什么？"

他很快就会知道为什么。

在秘密警察的办公室里，他们给了小伙子一份文件并且让他签字。"我承认我故意违反法律给我的鸡喂了大麦。我承认自己故意损害国家的整体利益，反对国家社会主义的重建事业。"

小伙子的脸色变得惨白。他的眼睛眯成一条缝，这使得他的愤怒不容易被看出来。他签了字。

"这就对了，"他小声咕哝着，"故意损害国家的整体利益——这下你们可以任意处置我了。"

在本市人们仍然可以在任何他们愿意的时候去教堂。这就说明我们享有充分的宗教信仰自由。

第七章
狱友们的故事 ⁱ

他们给我们的农村小伙子准备了一间相当大的, 有一股地下室味道的牢房。从两个小窗户里挤进来一点昏暗的光线。刚才经历的一切, 等待, 搜身, 戴着手铐穿过大街, 总算是过去了。现在是下午五点钟, 虽然时候还早, 但他看见两个同室的囚犯已经在他们的木头床板上躺下了。看见来了新人, 两个人支起身体, 眨着眼睛, 好奇地看着他们新来的狱友。其中一个跳起来帮助狱卒把新人的东西拖进来, 一个床垫和一个非常厚的似乎是用废纸做的被子。在他们忙着铺垫子和把被子盖在上面的时候, 克萨韦尔暗忖, 这个东西在夜里会像铅一样压在我身上, 但是一点也不暖和。

狱卒走了。帮忙铺床垫的那个室友给了小伙子一块面包,

<hr />

i 本篇整个故事, 包括监狱里其他人的故事, 都来源于格布哈特牧师的故事, 所有权为原作者拥有。其中和上帝的对话和出逃的过程是逐字抄录的。

但是他不想吃。

"你为什么给关进来？"他问这个友好的室友。

"因为我是个大傻瓜，我完全是自找苦吃。谁让我没学会让自己闭嘴呢？"

他讲了自己的故事。一天晚上，他和一群年轻的男女朋友一起去小酒馆喝啤酒。几杯下肚之后，他讲了好几个有关元首的粗俗笑话，其中一个是说他打赌元首每生一个孩子，他就会生六个，以此来为德国作出贡献。但是最后他可能一辈子都不用生孩子，因为元首根本就生不出孩子。朋友们哄堂大笑，都说他说得没错。没想到酒吧里有盖世太保的密探记下了他说的话。

"接下来的事我就不用说了。我是自找苦吃。"

他随后说了他的名字，叫弗里茨·布鲁宁格，职业是商人。他的生意最近正如日中天，可是他恰恰在这个时候被关了起来，真是太让人难过了。他又问小伙子是为什么进来的。

克萨韦尔讲了自己的事。但是他非常肯定地说他觉得自己并没有错。正相反，他们这样对待他是肮脏和卑鄙的。还有，他也不能理解弗里茨为什么觉得自己罪有应得。

"你只是说出了事实。就算你是拿他开玩笑，他们也不能因为一个笑话把你关起来。这不公平，他们真卑鄙。"

弗里茨赶紧把指头放在嘴唇上让他别作声。

"看在上帝分上，伙计，隔墙有耳。"

另一个人不耐烦地发出了长长的"嘘"声，示意他要睡觉了。但是他俩继续聊，只是压低了声音。

克萨韦尔问他："你是做什么生意的？不会是开店铺吧？"他不能想象这年头一个开店铺的生意能好到哪儿去。

"真是造孽！"另一个小声说，"你知道我是干什么的？我专门制造那种他们在每个村口和大路口挂着的大标语牌：'此处禁止犹太人进入'。每个标牌成本两马克。告诉你我是怎么做的：我先到区长的办公室，请他为我开一张证明，说我制造这些标牌是为了国家社会主义的事业服务的。然后我骑上我的摩托车一个一个村子挨着跑，每到一个村子，我就找来村长，然后对他说：'我给你带来了新的标牌。党希望每个村子的入口和出口各挂一个，这样你需要两个，每个十四马克。'怎么样？带劲吧！"

小伙子听完，表示很惊讶："但是——但是他们也可以不买你的标牌吧？他们非得买吗？"

"谁都会这么想。但是我会亮出我从区长那儿开出的证明，那些乡巴佬就会害怕了。如果偶尔有一两个人不服气，说他们不需要买这些标牌，那我就很礼貌地问他，最近的冲锋队军官的办公室怎么走。这一招总是管用的。村长立马服软，而我也就把标牌卖掉了。有的时候一个村子有四五条路进出，那就意味着我可以卖五十六马克到七十马克，而我的利润就会有四十八马克到六十马克。你说，到哪儿还能找到比这更好的生意？可是我呢？非要像一头公驴那样乱叫，结果一切都砸了。"

我们的农村小伙子清楚地记得自己村里的入口和出口都挂着那块标牌："犹太人禁止进入。"

"上帝啊！难道没有人追究你干的这些事吗？我的意思是，他们在审判你的时候没提到你的这个生意吗？"

弗里茨笑了："审判？你是月亮上来的吗？根本就没有什么审判。那个盖世太保记下我的话然后告发我，我就进了监狱，一切就这么简单。再说了，只要我的生意有那张'符合国家社会主义精神'的证书，谁也没话说。我的错就是乱说话，在酒馆里开那个玩笑。我真该死。"

克萨韦尔极力想搞清楚这个人脑子里的逻辑，同时感到一阵晕眩和恶心。这个专事讹诈的骗子，心里唯一后悔的是"像一只公驴那样乱叫"。可是他真正的恶行，那些写着如此肮脏恶毒口号的标牌，却能让他的生意"如日中天"，而且他的内心认为自己的生意如积雪一般纯洁。我们的小伙子天生就不是哲学家，这会儿他正努力搞清楚这一切。他想，怎么一切都颠倒了？在德国有什么东西完全乱套了。我因为喂鸡吃大麦而进监狱，而这个人却因为开了一个玩笑而进监狱。这不可能是对的！而他那肮脏的生意反而能够"如日中天"，而且没有一个人可以说个不字。这一切都是颠倒的，以一种恐怖的、绝望的方式！

他打了个寒战，蜷缩在自己又厚又硬的被子里，睡着了。

早上，每个囚犯分到一小盆冷水用作洗漱。不久之后，门上开了一个小口，从小口送进来早餐。早餐包括一块面包和一杯褐色的液体。布鲁宁格说，他头一次见到这杯东西的时候还以为是咖啡，但是当他尝了一口之后，又认为是茶；另一位囚犯，格布哈特博士认为这是一杯巧克力；最后还是狱卒解决了这个争论，他告诉他们这杯东西的名字是"早晨饮料"。他们最后决定还是不要给它起名字更好。小伙子发现监狱里的面包比能够"自由"购买的面包还要难吃。但是布鲁宁格飞快地把这块又生又咸的面团吞下肚，好像已经很久没吃过饭了。

克萨韦尔发现这位格布哈特博士是一位牧师，一位新教牧师。

"为什么你也？……"他睁大眼睛问道。

他确实听说过有成百上千的神职人员，属于天主教会的和新教的都有，被关进了监狱。但是听说和亲眼见到还是有很大不同。他从前也相信过当局对教会的某些指控，但眼前这位格布哈特牧师，他第一眼看到他的时候就断定他是个好人。格布哈特牧师看上去弱不禁风，举止风度有一种不多见的严肃和愉快的混合。他的脸安静而庄重，开口说话之前已经让人感到一种亲切感。

"为什么？"克萨韦尔又问了一遍，不解地摇着头。昨夜的思虑又涌上心头。他对充斥德国的黑白颠倒和罪恶感到的绝望清清楚楚地写在脸上。

牧师说:"这是一个特别长的故事。他们抓我有很多理由,当然我最后一次布道可能是最直接的原因。你想听吗?"小伙子点点头。"我从来没有喊过'希特勒万岁',你看,这个理由足够了吧?"

小伙子简直无法把目光从这位牧师安详而显得有些过度慈爱的脸上移开。"可是为什么呢?"他又问了一次,"为什么你从不说'希特勒万岁!'?这是德国的标准问候语,不是吗?"

这时弗里茨插进来打断了他们的对话。"你跟牧师就别想说清楚,他像魔鬼一样固执——原谅我,博士,我只是想说你固执得简直令人不可思议。不管怎么样,你总得接受事实,除非你不想活下去了。"

农村小伙子从头到脚打量着弗里茨,眼里充满了厌恶。他想,就是这种人造就了这一切虚假和罪恶。有一些"事实"你就是不能接受。如果牧师宁愿坐监狱也不做他认为是罪恶的事情,那他要比眼前这个人正确一千倍。这是真的,虽然我自己也说过不知道多少次"希特勒万岁"而从来没有想过这有什么不对。

然后他说:"博士,你不用这个打招呼不会惹来麻烦吗?"

"当然会,他们把我降级,从法兰克福派到这里来。但是我喜欢这里。这里的新教徒不到两千人，却是一个不错的小社区。如果条件允许我就尽量少出门。有一两次我在街上遭到羞辱，还有一天晚上我被人袭击了。当然这都不算什么。最让我难受的是我的内心无法平静。看着人们，可以说所有的人，都不经过任何抗争就对那些渎神的和邪恶的权力屈服，是非常令人痛苦的。而最令人痛苦的是看到那些本来应该是精神导师的人，在国家的授意下歪曲上帝的声音。他们在布道的时候把元首比作拯救者，完全忘记了'善'和'恶'的区别。他们做事的唯一标准就是'有用'，就是'上边要这样'，'上边喜欢这样'或者'上边不许这样'。他们说的'上边'并不是上天的力量，也不是任何宗教信仰，更不是能照亮他们灵魂深处黑暗的那道光。他们所说的'上边'就是地区的纳粹党领导，盖世太保，或者是帝国政府。

"我非常忧虑而且不安。我经常觉得'上边'——我是指上天——又要降大洪水了，这表明上帝还没有彻底忘记和拒绝我们，觉得我们仍旧值得惩罚，还有可能悔悟。最让我害怕的是我们被神彻底放弃了，因为我们已经走得太远，背叛得太彻底。"

牧师的声音低下去了，好像已经用尽了气力。克萨韦尔心潮激荡。他从来没有对哪一次布道有过如此的感受。实际上，这是格布哈特博士为他的两个狱友所做的布道，商人弗里茨·布鲁宁格和这个农村小伙子。对他而言，参加弥撒是从小养成的习惯，去教堂就像呼吸和吃饭一样，是他日常生活的一部分，但教堂从来不是能够触动内心的所在。纳粹上台以后，虽然教堂已经和以前大不相同，但是仍然没有让他有所触动。然而现在他惊恐地意识到，他也是牧师说的那些"不经过任何抗争就对渎神和罪恶的权力低头"的人中的一员。

小伙子心里想，我是天主教徒，但却是从一个新教牧师这里听到了这些令人心痛的事实，而且这是我第一次听一个新教牧师布道，这件事相当的不寻常。但是这并不是重点，他是一个天主教牧师还是新教牧师并不重要，重要的是他说得对不对，他是不是有勇气的人，以及他在提到"上帝"的时候是不是意味着"善"。这个新教牧师是对的，他是在扬善，我愿意多听他说，直到把我从昨天晚上才意识到的自己完全不懂的道理全都弄懂为止。

弗里茨的反应就不同了。他是一个没心没肺的家伙，对牧师具体犯了什么事比对这些道德上的问题更感兴趣。他问道：

"好了博士，您刚才说您在最后一次布道的时候说了什么危险和令人不安的话？不会是什么不体面的话吧？"他那双无理和愚蠢的蓝眼睛满怀期待地盯着牧师的脸。

牧师说："不，我的朋友，当然没有任何不体面，而且我想你可能不会有兴趣。"

克萨韦尔觉得用如此友好的方式回答布鲁宁格的愚蠢问

题已经超出了基督教的常规，但是看来牧师并不介意。

"今天是星期二，"他说，"要到星期五才能刮脸。看哪，我们都已经胡子拉碴的了！"他们俩的胡子确实已经很长了。弗里茨的黄头发和砖红色的胡子都已经很长，而牧师也差不多。只有小伙子的脸还相对比较光滑。也只有他还穿着自己的衣服，一件说不出颜色的衬衣，外面套了一件毛衣。另外两个都穿着囚服，就像克萨韦尔从小就在噩梦里看到的小偷和杀人犯穿成的那样。

"放风"的时候他们可以看到别的囚犯。他们走出牢房，所有人都是胡子拉碴，脸色苍白，骨瘦如柴。他们的眼睛贪婪地追逐着一天只能见到一次的阳光。有一两个警察会在旁边看守着。大家知道，不是冲锋队在这里管事真的是很幸运。当然，警察们也都接受了纳粹的"再培训"，但他们毕竟不是纳粹。他们对牧师多少有些同情和尊敬，他们甚至叫他"博士"，而不是像对待别的囚犯那样直呼其名。

博士不在院子里转圈，而是和那些腿脚不便的囚犯一起倚在墙根上。当他摘下眼镜的时候看上去像一个死去的人。他的双颊沟壑纵横，面无人色，两只眼睛像得了热病似的发着光。也许是因为近视，他的眼睛看上去像被一股无以名状的火光所照亮。他的目光好像是投向自己的内心深处，似乎正在出神而对外界浑然不觉，而这反而使他的样子更为生动。

囚犯们在放风的时候是不能说话的。虽然有这个禁令，但是小伙子还是从走在他后面的那个人那里得到了有用的消息。他得知这里每个月都会有人被送到集中营去。刑事犯比较幸运，因为他们从来不会被送走，可以在这里服完他们的刑期。但是政治犯就不同了，多数人根本不知道他们的罪名是什么，也不知道要被关多久，所以只能提心吊胆地想着什么时候会被送进集中营。"转送"的命令可能随时下达，"表现好"或者完全无辜并不能改变什么。

牢房中的日子就这样一天天地过去了。在我们的小伙子被关的第五天又来了两个新人。其中一个人是个冲锋队员，身上还穿着制服。和其他人一样，他在进来之前被没收了裤子上的背带，还拿走了他的一把小折刀和手表。另一个是一位长相不错的瑞士人，来自提契诺（瑞士南部的一个州，和意大利接壤），所以他讲德语带有很重的意大利口音。这个人极度焦虑和紧张，不停地哭泣、祷告和诅咒。那个没心没肺的弗里茨问他为什么被关进来，他回答的时候带着一连串咒骂，但又充满了哀求。

"我必须离开这儿，我现在就得走，"他一遍一遍地哭叫着，"我是个瑞士军官。我必须回到军营报到。我来德国只是为了治病和学习。我的父母给了我几封写给这里几个修道院的信，都是我经常借宿的地方。我和博尼菲斯神父一起出来散步，他们就把我和神父一起抓进来了。现在我不知道神父在哪儿，也不知道他们为什么抓我。他们说我是间谍，要给瑞士传送情报。他们简直是疯了! 我得马上离开这儿, 我得回军营报到, 我是一个瑞士军官!"

牧师用特别友好和同情的态度试图安慰这个年轻人。

"你是个外国人, 所以你比我们这儿其他人的情况都要好。你们国家的领事会介入进来, 再说你没有受到任何指控, 他们必须放你走。"

听说这个年轻的瑞士人有特权, 弗里茨不高兴了。他要唱唱反调。

"得了吧, 博士, 先别急着下结论。这位外国先生说了, 他是一个军官, 和一个教士扯上了关系, 所以抓他可不是一件小事。你呀, 就准备好在这儿和我们一起休假六个月吧, 你知道吗, 不会比这个更短。"他这样说给那个瑞士人听, 而后者听了牧师说的话刚要获得一点勇气和信心。

那个年轻的冲锋队员一进来就表示他已经不是第一次进监狱了。他长着一个方脑袋, 剪短的头发像毛刷一样直立着。他一进来就说这个监狱简直是一个"烂洞", 根本没法和他上次住过的纽伦堡监狱媲美。

"你们真该看看那儿的窗户!"他低声说,"有这么大! 我们甚至想过有一天他们会把栏杆拿掉, 但是没有。监狱外面曾经有一个古老的大门, 上面有旧式的铁艺, 花啊鸟啊什么的, 后来被拆走去炼铁了, 为了那个什么四年计划。原来的地方装上了栅栏, 当然是带铁丝网的。同样, 那儿还比这里有更多的机会逃走。"他赶紧补充说，不止他一个人想逃走。他只是很感兴趣，仅此而已。

虽然刚才是博士安慰了他，但是年轻的瑞士人显然对这个冲锋队员更有兴趣。

"你是个士兵，怎么会进到这儿来呢？"他问道。

冲锋队员鼻子里哼了一声。"我们的头儿有个别墅。就是一个那种常见的古堡，有湖，有天鹅，还有一个很大的酒窖。两年前他还穷得像教堂里的老鼠，而六年前他是个被开除了的银行职员，因盗用银行的钱而被判刑。他在希特勒上台后得到赦免，因为他曾经是国社党的资深党员。现在他有了这个古堡。我们常被告知我们的头儿只领着微薄的薪水，把自己贡献给祖国。好吧！恰恰就是这个让我受不了，因为我的薪水才真是微薄，连买一杯烈性酒都不够，但是我们的头儿每天上班都喝得醉醺醺的。他的私人别墅里的酒窖里有喝不完的酒！

"好了，我告诉你们我干了什么。我找到一块大木板，用漂亮的橘黄色大字写上'我用自己微薄的薪水为自己买了这个小古堡和小酒庄'，下面写上他的头衔，然后我把它挂在了别墅外边。那天头儿不在家，他去上班了，到他一个朋友的酒庄上班，所以这块木牌在那儿挂了一整天，每个人都看见了。没人把它摘下来，连警察都没管。第二天他回来了，这个玩笑才算结束。肯定是有人告发了我，可能是我的手下，他看见了我在别墅附近转悠。总之，肥肉放在火上烤，我就在这儿了。嗨，你们谁有刀子吗？"

囚徒们面面相觑，然后告诉他进来的时候大家身上带的小折刀都被搜走了，哪儿还有刀啊？冲锋队员把右脚的鞋和袜子脱下来，小心地从脚心上剥下一片粘在那里的小薄片。他解释说，这是一个罐头盒上附带的小刀片。

"什么事都得事先想好，"他说，"我从来不会不带一把小刀进监狱。你看，这个很好用，切什么都行。"

囚犯们都傻了。弗里茨从牙缝里轻轻吹了一声口哨。

"我得跟你学两招。"然后，他开始跟冲锋队员讲他的"生意"，还问他自己因为"像个驴一样叫不知道闭嘴"而丢了这个小金矿是不是很惨。

每天一早囚犯们都要把自己的床板、床垫和毯子上缴，但是这几天格布哈特博士被允许不上缴这些东西。他已经太虚弱了，整个人像是半透明的，所以根本不可能一直用双脚站立着。可是，除了可爱的弗里茨·布鲁宁格，囚徒中最富有生气的就是他。他不断地谈话、争论、安慰、敦促、勉励和规劝，还经常引用诗歌，不仅从赞美诗集引用，也引用世俗作者，例如艾兴多尔夫和克劳狄乌斯的诗句。他的狱友们想知道，他怎么能记得住这么多东西呢？

"我早就知道有一天他们会把我关起来。到了那时候我就不会有书读了，所以我就提前准备。我背诵这些就是为了支撑自己活下去。"

晚上，就在一天快要结束的时候，一个和往常一样阴暗和枯燥的一天——除了年轻的瑞士人歇斯底里发作，被狱卒捆上了手脚——农村小伙子在黑暗中凑向牧师的身边，低声问道："博士，你那次布道是怎么回事？你讲了什么让他们把你抓起来了？"

牧师回答道："那天是一个公众忏悔日。我走上讲坛，先做了和往常一样的布道。然后我向我的信众们发出了呼吁：'由于在过去的几年，特别是在今年的11月发生的一切，我们从来没有像现在这样需要忏悔。就在11月，我们的犹太兄弟的房屋被付之一炬，他们的哭叫声直达天庭，而上帝听到了他们的哭叫声，并且降下旨意，愤怒地谴责了我们。教会无疑对这些让我们充满恐惧和悲伤的一切负有自己的责任。为了祈求上帝饶恕我们犯下的重罪，饶恕我们的教会如此背离了福音，我们必须在这一神圣的时刻向上帝忏悔。为表示我们国家正在滑入深渊，我在这里熄灭神坛上的所有蜡烛。在我们没有洗净自己对上帝之名的玷污之前，我们不配享有这撒向我们的光。'

"说完之后，我熄灭了所有的蜡烛，然后继续说：'我们在上帝面前受到谴责，我们不仅要用耳朵，还要用心灵听取对我们的指控。让我以上帝的名义重申这些指控。我指控我们的教会背叛了主，背叛了主命令我们奉行的兄弟之爱，把主的训诫抛在脑后。我谴责我们宗教法庭一贯的对凡人的怯懦，以及对教会和信众神圣责任的逃避。我谴责帝国主教穆勒的背叛，因为他引领我们崇拜偶像。我谴责我们所有人对信仰的麻木和轻视，以及由此而来的对如此大规模和严重的自有基督教以来前所未闻的罪行无动于衷，并且直接或间接地参与了和正在参与其中！'"

村里来的小伙子坐在凳子上一动不动，用手托着自己的头。他在黑暗中看到牧师的眼睛闪着光。听着牧师用缥缈的穿透人心的低语一个接着一个历数着那一长串"我谴责"。

"讲道结束后半个小时我就被捕了。"牧师最后说。

克萨韦尔在震惊和激动之下已经发不出声音，而此时他清了一下喉咙。他并不想说什么，只是用他那双庄稼汉的大手轻轻地碰触了一下牧师盖的那条又厚又硬的被子。接着，他开始祷告。他嘴里念的还是他平时在教堂里早已熟悉的祷告词，不同的是，往常他在祷告时心里其实都是在想着帝国食品部和农场里无数要操心的事，而今天这些同样的祷告词第一次充满了重要的内涵。他嘴里默念着所有他已经记住的祷告词，包括他在儿时睡前念的那些。

"亲爱的上帝，请你怜悯我。"后来响起了他均匀的呼吸声。他睡着了。

可是牧师睡不着，他心里充满自责和其他混乱的想法。他们把我赶出我的社区的时候为什么我没有离开这个国家？这里已经没有我的位置，难道还有什么疑问吗？我难道没有看出先兆吗？是我对这片土地有盲目的爱？是我太懒惰，或者太软弱吗？难道这一切在我眼前发生，而我又无能为力去阻止的事情还没有折磨够我吗？但是上帝并没有回答他。上帝的沉默似乎融入了辽远的寂静之中。痛苦的牧师一直不敢抬起眼睛，但此刻他眼望苍穹发问："我应该怎么办？"

"逃走。"上帝回答了。

"但我能逃走吗？"牧师无声地呐喊着，内心充满恐惧，"我在生病，连站起来都困难。还有，我对外面的世界一无所知，也没人能帮助我……"

"我帮助你，"那个神圣的声音又说，"逃走！"

"我办不到！我孤身一人，来日无多；在这儿至少还有认识我的人和朋友。"

"这些你都要放弃。"那个声音又说，没有商量的余地。

"那样我就会迷失了！"他还在和那个万能的至上争辩。

"在这儿你才会迷失。在这儿你只会死掉。"那个声音接着说。

"但是死在自己的土地上难道不比死在陌生之地的路旁好吗？"

"你不会死——现在还不会。你还有使命。"

"我无法完成这些使命了。我已经衰老虚弱，正走向死亡。"牧师在他的床板上像被鞭笞一般扭动着身体。

他的上帝说："你的力量将会恢复。你会相信的。你的内心深处已经相信了。"

在这个冲破黑暗、无视一切、不容置疑的声音震慑下，牧师只想在墙角找一个地方躲起来。

"我怎么逃走呢？这是不可能的，没人能从这里逃走。"

那个声音轻轻地笑了一下。"你现在已经在做着正确的事！"

"但是我什么也没有！没有力量也没有勇气。没有时间，没有机会。就算我逃走了，接下来怎么办？这里我谁都不认识，谁都不能相信……"

那个至上的声音突然变得严厉起来："你缺少的我都会给你！"

第二天早晨，同囚室的人都被牧师的脸色吓坏了。

"老兄，你得去看医生，"弗里茨大声叫道，"让他给你点什么。我们可不愿意明早醒过来发现你已经变成鬼魂了！"

他开始唠唠叨叨地讲起一个强盗和杀人犯海因里希的鬼魂故事。这个人六个星期前在外面的院子里被处决了，而他，弗里茨，分到了他的拖鞋。看，就是这双，舒适的灰色毛毡拖鞋。每天晚上海因里希的鬼魂都向他保证这双拖鞋会给他带来好运。

但是那个冲锋队员告诉他不许开死人的玩笑。

他威胁说："他可是我的好朋友。"农村小伙子听了这话打了个寒战，他不明白一个"我们光荣的冲锋队员"，虽然是一个犯了事儿的，怎么会自吹自擂和一个罪犯是朋友？

"他真的是强盗和杀人犯吗？"他问道。

"当然是。"冲锋队员回答道，"而且要不是他在干活儿的时候弄伤了腿，他们永远别想抓到他。"

格布哈特博士被送到医生那里去了。因为他身体太弱，所以被允许带上大衣和帽子。他后来没有回到监狱，同监室的人和狱卒都以为他一定是住院了。那几天监狱里还发生了一件事。又到了往集中营送人的日子。弗里茨·布鲁宁格被命令收拾他的东西。

"是要放我出去了吧？"他说。但是他的声音发抖。他愚蠢的蓝眼睛里闪烁着一丝希望之光，但还是难掩声音透露出来的恐惧。狱卒没有回答。

年轻的瑞士人问道："我呢？"然后，第一千次重复他是一个瑞士军官，必须立即回去报到。立即！

"集中营。"狱卒终于开口了，并且投给弗里茨同情的一瞥。弗里茨正在穿衣服，听了这话立即瘫倒在床板上，眼前发黑，天旋地转。

我们将要陪伴着"商人"弗里茨·布鲁宁格离开这个空旷、黑暗、带地下室气味的城市监狱，但我们并不会跟随这个不幸的人前往那个等待着他的，充满恐怖和痛苦的地方。我们要最后再看一眼那些留在这里的人：首先是那个冲锋队员，他胆大、粗俗而冷酷，肯定会被放出去。他这样的人太多了，不可能都关着。他们急需"自豪的冲锋队员"镇压国内的反抗。而当战争开始以后，他们就更需要他们了。希姆莱说过："我们将被迫在三条战线同时作战：在战壕，在天空，在国内！"德国人都知道他说的是什么意思。每一个冲锋队员，包括在监狱里的这位，都知道"对内"镇压是他们的职责所在。

那位年轻的瑞士人呢。他的领事馆以国家的名义进行了无数次谈判和抗议，他最终也会被释放。他们最终会不得不放了他。虽然在此之前他还要在这儿待上几个星期，每天绞着双手自言自语，始终没有搞清楚自己为何到了这里。

克萨韦尔会待得更长一些。他会变成这里的"老手"，迎接新的囚犯，告诉他们监狱生活的种种诀窍，让他们在看到开罐头的小刀片时目瞪口呆，而且还会给他们讲那些以前在这里关着，后来被释放或者被带到别处去的其他老犯人的故事。但是只要一想到牧师，他的心里就会发热。小伙子相信牧师是他生命中最有影响力的人，他"改变"了他，所以决心在自己恢复自由以后要继续往前走，他要证明这种内心变化的意义有多么不寻常。现在他知道了，一个人可以为了他认为正确的事情而战斗，对那个操纵并玩弄国家的虚假的上帝奋起反抗，捍卫将对世界进行最后审判的真正的上帝。他对自己说，我一定要努力，要让神坛上的蜡烛再次点亮。

一直过了两天都没有人注意到格布哈特牧师已经逃走了。狱卒们以为他在住院，而医生以为他已经回到监狱了。医院里的人甚至都不知道牧师来过。我们并不准备详述他逃跑的过程，那听起来就像一个神话故事。我们准备使用"奇迹"这个词，这个词可以恰当地用来形容这个真实的故事。让我们来听听逃脱者自己讲述他的故事吧。他此刻正在瑞士群山中一间教堂的圣器室里，坐在一张桌子旁边写着他的新著《引领者的声音》。

"医生给我看完病以后，我躲在一个柱子后面，看着和我一起来看病的犯人被送回牢房里去。我当时清楚地知道：这是唯一的机会，否则永远也没机会！院子里的看守马上要去吃午饭，只留下一个人看守大门。如果我快速穿过院子，不会有人注意到我，但是大楼的主楼层里可能会有几百双眼睛透过有栏杆的大窗子看到院子里。我微微低下头，快步走下厨房的台阶，向猪圈的方向走。每一秒钟都准备着听到呵斥或者枪声。我的四肢颤抖，喘不过气来。现在！就是现在！不要让他们看到我！我痛苦地呼喊着。我想我可能真的叫出声音来了，因为那时候我已经完全不能自己。我走到猪圈了，厨房就在五步以外，门大开着，能听到里面女人们在说话。

"我是什么感觉？我的脑子充血，转不动了。我得费很大的劲让自己保持清醒，但是除了身体的极度虚弱脑子里什么也没有。我的膝盖发抖，心跳得像擂鼓，所以必须等它稍微安静下来。猪圈的门半敞着，我溜进去，但是那些猪感到有人进来就开始大声地哼叫，所以我又吓得赶紧后退。我四下里看了看，猪圈里没有可供藏身之地，四面墙也都结结实实垛着干草，完全没有缝隙。无可奈何之下，我强迫自己的牙齿停止上下磕打，小心地挪向空地。我的第一个目标是窗户旁的围栏。我走过去，右脚踩着窗台，右手抓住编织网，把自己往上拉。但我的手指不听使唤，身体重重地仰面摔下去。我在半昏迷中发现自己再一次跌回到一堆垃圾里。

"我大声地啜泣。现在证明了逃跑是不可能的。身体拒绝执行我的意志。但是那个声音坚持着：机会就在眼前。只是我——我失败了。但我能接受这失败吗？我要继续，我要证明自己不会辜负那个声音。我要再试一次。这一次我拼命紧贴着窗户，使尽最后一丝气力，嘴里默念着：'保佑我！'突然我又在围栏边上了。我再次一只脚踏上窗台，同时抓住编织网。但是再一次我失去了力量。我的身体紧靠着窗格，手指马上就要抓不住了。这时我猛地把门拉向我这边，试着把左腿跨上去，但是我的大衣缠住了我的腿。我抬了一下膝盖抽出大衣的下摆，抓住了屋顶上山墙的金属边，把自己拉起来。现在我已经站在前后晃动的门扇上了。我的右膝搭上了山墙。我继续挂在那儿，看见自己的手在流血。最后我努力爬上了屋顶，爬到了外面的屋檐边上。我的下面有一根消防水管。我抓住墙边，松手跳了下去。房子很高，但我别无选择，重重地摔了下去。

"我站起身四下里看了看。我永远不会忘记那一刻令我意志瘫痪的绝望和前功尽弃的感受。我发现自己在监狱的一处院子里。我和外面的世界还隔着一堵墙，而且比我刚刚翻过来的那堵墙更高。我的所有努力看来都白费了。院子的四周都是光滑、陡峭和结实的墙，也没有什么猪圈了。我像一头困兽那样围着墙根转了三圈，最后被疲劳和绝望击倒，只想躺在地上再也不站起来。但是我又一次重整旗鼓：我难道要让这次奇迹半途而废吗？我闭上眼睛，深呼吸了几次，然后再次观察周遭。我注意到只有一个窗户能俯瞰这个院子，所以我被发现的可能性很小。既然直到现在还没有被发现，那么到晚饭前应该是安全的。在晚饭前我必须想出办法。

　　"我注意到墙的阴影里有一棵果树。由于没有修剪，有两根枝条差不多伸到围墙那么高。但是枝条很细，看上去经不住一个成年人的体重。我走到树和墙之间，每只手抓住一个树枝把自己往上悠，树枝垂下来让我撞到墙上，但是墙托住了我，让我能一点一点地往上爬。现在离墙头还有一米，我拼命地换着手抓住更高的枝条。正当最上面的枝条就要断裂的一刹那，我的右手抓住了墙头。至今我也不知道这一切是怎么发生的。此时我的左手还抓着树枝，我居然能把右腿勾到墙头，那一刻我立即跨上了墙头。奇迹仍在继续。

　　"我从墙头上往下看。我当时的样子一定很奇怪：穿着大衣，戴着帽子，双手流着血。但是我不觉得疼。墙外的地面是一个长长的斜坡，我不敢往下跳，只能骑着墙头向前挪动，直到下面有一堵窄窄的小墙和监狱的墙恰好形成一个角度。那堵小墙离我大概两米远。我纵身一跳，稳稳地站到了小墙头上。有一个盖着油毡的小屋顶倚在这堵小墙上，我爬过屋顶，靠着一蓬长在墙边的浆果灌木丛落到了地面上。我终于可以掏出手绢擦一下流血的双手，把帽子戴正。然后尽量迈着平稳的步子走向一辆装着木桶的大车，车边上有几个穿着白色工作服的工人。

"'上帝和你们同在。'我抬抬帽子，和他们打招呼。即使在巨大的危险随时可能降临的彼时，我还是不能让那句罪恶的'嗨尔，希特勒'通过我的嘴唇发出来。我绕过那栋房子，前面又出现了一堵墙和两个巨大的门。我的心往下一沉，但是经过前面的胜利，我已经有了一些信心。我本能地用眼睛丈量着墙的高度，但突然发现左边的那扇门并没有上锁。我抽出门闩，推开门走了出去，双脚已经站在这座城市的一条街道上。

"一切都和往常一样。女人挎着菜篮子，老先生们在遛狗，孩子们从学校的大门里跑出来。这几个星期我一直在做梦吗？还是我现在在做梦？我觉得额头上好像套着一个铁圈，两只眼睛火辣辣地疼。一个女人走近我，我问她现在几点钟了。我的声音嘶哑又刺耳，我和那个女人都被这声音吓了一跳。我已经连自己的病痛和虚弱都没有感觉了，从头到脚流着汗。我不停地往前走，看到一眼水井，就用井水洗了洗手上的血，然后继续往前走。我走过了很多小巷和街道，不知道自己在哪里。路两边的房子透过一层薄雾阴森森地向我扑过来。但是当我终于停下脚步，仰面看到了没有阴云覆盖的天空，那天夜里我正是从那里听到了那个声音，我现在已经毫无怀疑，我的努力将会被戴上成功的桂冠。我的逃亡会成功，奇迹正在全力地运行。我不会在那个杀人犯海因里希被处决的地方死去。那个善良的农村小伙子还在那里，他那天晚上一直陪着我，展现了他的善良和风度。上帝啊，我没有办法把他救出来，我的伙伴。但是我自己得救了，从地狱逃了出来。这是真的，是真的……"

　　我们就此打住，不再继续往下读这本《引领者的声音》。格布哈特牧师此时正寄居在阿尔卑斯山地的一个小村庄里，这篇故事就是在那里写就的。从圣器室的窗子望出去，牧师能看到满开着小紫花的绿色牧场和更远处蓝天下连绵起伏的雪山。经过这么多天极度危险和疯狂的毫无计划的逃亡，伴随着只能用奇迹来解释的一连串不可思议的幸运，他被引领到这平静安宁之地。某一天傍晚，他被引领到我们位于苏黎世湖畔的房子门前，看上去像一个鬼魂。我们听说了他的被捕经历，所以当我们看到他站在我们面前时几乎不敢相信自己的眼睛。

自从他主持我们的小妹妹受洗仪式的那天起，我们就把他当成家里的朋友。小妹妹的名字伊丽莎白也是他起的。我们曾经认为他已经不在人世，直到奇迹把他带到我们的门前。他脸色苍白，虚弱，精疲力竭，只能勉强不跌倒，但同时他的周身散发着一股力量。最后审判之光持久地映照着他毫无血色的脸，形成了一个圣徒所独有的光环。

我们的城市在圣诞节期间最为迷人。很多广场都改成了临时的露天市场,到处装点着节日的气氛。你可能买不起太多东西,但至少能赏心悦目。毕竟,这是圣诞节。

第八章
最后的旅程

11月初的时候马科斯·莫克斯从汉堡寄过一张明信片。这个年轻的水手是寄给他的妈妈莫克斯太太的。莫克斯太太住在老城中间一个有两间卧室的房子里,和她一起住的还有她的小儿子弗里德尔。她的"大男孩"很少写信。莫克斯太太拿着那张五颜六色的明信片看了好一会儿,然后才把它递给小儿子。

"尽说傻话!'下个星期我们这只大铁桶就要远航去纽约了,我也会去。我无法告诉你我有多开心。我出门已经好几个月了,一直在这个大兔笼子里关着。但是我有一个可笑的感觉,这次是我最后一次出行!'"

弗里德尔耸耸肩。

"他说得对,"他说,"如果你想知道,我也听说过类似的说法。每一次国际航程之后他们都要把海员换掉,因为他们不想让海员们和国外有太多的联系，因为在国外他们会听到很多他们不应该听到的事。他们只会让一个水手去一次美国，下次再去美国就要换人。新换的人对外界一无所知，所以也就不会做出什么有害的事情。你能明白吗？"

他说着，轻蔑地笑笑。"如果一个船员老是到另一边去，我是说，如果不换人，谁知道他们会在那边和他们的同志们一起干些什么！"

母亲叹了一口气。"唉，是啊。就是这个意思。这年头要想看懂一张简单的明信片都得像只狐狸一样狡猾才行。"

弗里德尔从衣帽钩上取下他的大衣。"我得走了，得去参加'垃圾战线'的战斗了。"

虽然他说这话的时候带着惯常的冷笑，但这并非一句玩笑话。德国人正在无休止地参加各式各样的为了完成戈林元帅提出的"四年计划"而奋斗的战线，而"垃圾战线"正是其中一项的官方名称。弗里德尔参加的是"废纸收集和处理"，而且这绝不是一个轻松的活儿。除此之外他还能干什么呢？他原来在商店里帮忙，给顾客送货，但是他工作过的卖茶叶、咖啡、可可和其他舶来品的小店都被迫关门了，因为它们对"国家经济"没有贡献。就算这些小店不关门，弗里德尔还是要去收废纸。因为国家认为所有的顾客都应该自己把买来的东西带回家，而不能容忍一个完整的劳动力用来从事送货上门这种毫无男子气的萎靡不振的工作。某一天早上，弗里德尔在当地报纸《导报》上看到一首诗，语气诙谐但明显传达了官方的精神。最后一段是这样的：

> 在所有商店前挂一块牌子
>
> 在牌子上写上大大的字：
>
> "我们的国家需要人手，
>
> 从此以后不再有 STC。"[i]

STC 就是"顾客服务"的缩写。就是这首语句轻快的小诗立刻让弗里德尔丢了饭碗。

就这样他来到了"垃圾战线"。每天工作十个小时，挨门挨户地收集废纸。他的这个职位和这份工作都不受欢迎。虽然他现在好歹算是一个服务于四年计划的官方人员，但是如果他不能收集到足够的废纸，或者他有理由怀疑有人浪费了废纸，比如随便丢弃、撕坏，甚至烧掉废纸，他就要威胁举报他们。如果他们不买账，他就得不断地发出警告。如果他不这样做，他自己就会受到惩罚。因为没有收集到足够的废纸和不举报对此负有责任的人都是要被惩罚的。

弗里德尔的一个上司说过："我们需要的是积极的行动。"弗里德尔点头称是。他现在已经习惯于接受上级像发布军事命

---

i 诗节引自 1939 年 3 月 30 日《黑色军团报》。

令那样给他的各种指示，而并不在乎这些指示是否空洞和没有任何意义。他对自己说：积极的行动？好啊，为什么不呢？

莫克斯太太。对，就是我们已经认识的那位身形粗大，在夜间的防空演习中吃了不少苦头的那位莫克斯太太。她曾经为此发过牢骚，也差点因此给自己惹上麻烦。在两个儿子中她更喜欢大儿子。大儿子长得帅气，有朝一日会成为一名船长。他高大威猛，金发碧眼，闪亮的额头线条分明。母亲一边这样想着，一边又拿出了那张快看了一百次的印有汉堡阿尔斯特水榭的明信片端详着。

她坐下来给他的大儿子写几句话。

"亲爱的马科斯，"她写道，"你最后一次航程结束后带些咖啡回来吧。弗里德尔刚才告诉我为什么是最后一次航程——除此以外我一无所知。所以，带一些回来吧，这里一点咖啡都没有了。你知道我就是喜欢喝一杯咖啡——你总得有那么一杯什么放松一下。但是有件事我得特别告诉你：千万不要像上次那样买没有磨好的。我知道没有磨好的比较便宜，但是你不知道上次因为咖啡发生了什么。我们当然得自己在家里磨，因为这么宝贵的东西，你无法信任地交给外面的商店代磨。你知道磨咖啡的时候，它的香气会飘到三条大街以外。我不用说你也知道，邻居们闻到咖啡的香味都聚拢过来。虽然我像个小气鬼一样拼命护着，最后还是没留下多少。光是街道主任就拿走了一半，也没办法不让他拿。所以这次，亲爱的，一定要买磨好的。哪怕相同的钱只能买到上次的一半。希望你高高兴兴的，让我们知道你的消息。美国太远了。我宁愿你现在就在我身边，也参加个什么'战线'，那也比你在那么远的海上颠簸要好。在外边谁知道会出什么事。爱你，吻你，你的妈妈。"

一口气写了这么多，莫克斯太太放下笔的时候已经累坏了。她一边封上信封，一边在心里算了一下：儿子下个星期出发，就是说是在 11 月中旬出发，那么他应该 12 月初或 12 月中旬回来。也许，哦，不，简直不能相信，也许他能回来过圣诞节，我的大儿子。如果他工作得好，也许可以在圣诞节请到假呢。她又把信从信封里抽出来，在"又及"后面加上了她这个热切的愿望。她自言自语道，我有一年没见到他啦，现在他该回家了。

天黑了，屋外寒风呼啸。弗里德尔精疲力尽地从"前线"回到家。母子俩在一起，妈妈忙着毛线活，儿子在摆弄那台收音机。

"别听外国台啊，孩子。"母亲恳求道。

弗里德尔正在用一小截电线和一个指甲锉捅鼓那个小机器里面的什么地方。"外国台？谁要听外国台？我只是想找找斯特拉斯堡和伦敦的电台，他们现在都在德国国内广播。"

妈妈无助地摇摇头。"别去听那些东西，孩子。"

"啊！找到了！卢森堡电台。太棒了！"

母亲觉得这孩子脸色苍白,而且很疲倦。她不怎么喜欢他额头的线条,还有那张孩子气的嘴。他十八岁。等他三十岁的时候会长成什么样?那时候他应该已经服完兵役了,可能都打完仗了?母亲叹了一口气。

"外面风很大,"她说,"海上是不是也一样?"

弗里德尔没有回答。他的耳朵还贴在收音机上。他那张看上去比实际年龄大的面孔半对着他的母亲,而母亲此刻正忙着拆她的毛衣。

"这件旧毛衣已经没法穿了,"她说,"如果我把拆下来的毛线都用上,应该足够织三双毛线袜子,你一双,你哥哥两双。"

弗里德尔做了个鬼脸。"知道,两双给老大,给那个了不起的海员,一双给我。我还能不知道?"

莫克斯太太站起来,走过去摸摸他的头发。

"行了行了,小醋坛子,"她说,"要是运气好,过圣诞节的时候咱们就有咖啡喝啦。我已经写信了。"

又过了几星期。冗长的、灰色的、单调的几个星期。天气还是很冷。煤很难搞到,而莫克斯太太一家住的地方是一栋老房子的三楼,根本没有暖气。

"你敢不敢在炉子里烧一点纸?""官员"弗里德尔带着威胁的口气说道。但是他说这话的时候并没有露出笑意。他现在穿上了新袜子,又舒服又暖和。莫克斯太太说得对,在德

180

国的任何地方都买不到这么好的袜子。

"看到了吧,我织这件毛衣用的是和平时期出的毛线。"她说,也没有露出笑容。虽然现在还没有打仗,但是在德国已经买不到"和平时期"的东西了。对于这点她并没有觉得有什么奇怪。抽屉里藏着两双给大儿子留着的袜子,小心地用旧的软纸包着。她知道小儿子要是发现了会把纸拿走上缴,所以小心地藏在自己的内衣中间。

12月到了。莫克斯太太开始一天早中晚三次各跑一趟底楼,想碰到邮差。

"什么都没有?没有从汉堡或别的地方寄来的信,或者明信片?"但是大多数时候邮差都没有什么是给莫克斯太太的,除了报纸。要是真的有信,那也是从税务局或者从政府其他部门寄来的。打开这类信的时候莫克斯太太总是充满恐惧而没有丝毫喜悦。

12月22日了。莫克斯太太和小儿子获悉马科斯的船在汉堡靠岸了。但是仍然没有他的消息。莫克斯太太想,他第二天就会回来。他要给我们一个惊喜。但是她不敢说出口,怕给自己带来厄运。第二天,23号了。弗里德尔带回一棵像扫厨房的扫帚一样破烂的圣诞树。

"德国的森林需要保护,所以根本买不到像样的圣诞树。"其实他也知道,德国的森林早就被砍光了,就像在战争中对付敌人的军队那样。戈林的四年计划也在森林里疯狂地进行。

用人造橡胶造一只轮胎就需要砍倒四十棵成年的大树。莫克斯太太弄到了一些过节吃的巧克力，但是这算什么巧克力啊。彩色的纸盒看上去还不错，让人想到"和平时期"的礼品。但是盒子里面就什么包装都没有了，别说蜡纸，什么纸也没有。薄如电影胶片的巧克力片就那么散着放在里面。更奇怪的是它们既不是黑色的也不是褐色的，而是一种老鼠灰。如果你送一片到嘴里，会觉得像在吃烤干了的灰尘，很明显里面既没有可可也没有牛奶。莫克斯太太还为两个儿子在圣诞树上挂了一些纸烟。这是用厚厚的灰色的纸卷着不知名的什么本地的草做成的纸烟，因为烟草生产国要求德国用黄金或者外币支付。

整个下午莫克斯太太都和儿子一起在家里等待，但是门铃响了的时候她恰好出去了，到下面去取一些蜡烛。弗里德尔则懒洋洋地躺在沙发上，直到铃声响了第二遍才起来开门。

"急什么啊，了不起的大船长？"他小声嘟囔着。其实他打心眼儿里高兴哥哥回来了，虽然绝不会流露出来。

门外站着的人不是马科斯，而是一位穿着带斑点的深蓝色制服的陌生年轻人。他右手提着一个小箱子，左手紧张地揉搓着自己的帽子。

"您有什么事？"弗里德尔问道。同时，一股莫名的恐惧攥住了他的喉咙。他想战胜这恐惧，于是用坚定的，几乎是严厉的语气说："不，谢谢。我们今天不买任何东西。我是说，如果你是来卖东西的。再说了,你有许可证吗?"

陌生人摇摇头。"可以让我进来吗?他的妈妈,我是说莫克斯太太在家吗?"

弗里德尔说莫克斯太太一会儿就会回来。又说你当然可以进来,如果你不是来卖东西的。

外面天已经黑了。两个年轻人坐在同时充当莫克斯太太卧室的起居室的圆桌旁,圆桌上方吊着一盏灯。过了一会儿陌生人开口了:"我是马科斯的朋友。我是说,我曾经是他的朋友。"

弗里德尔的喉咙又被恐惧攫住了。他只能说:"马科斯在哪儿?"

门开了。莫克斯太太走了进来。她头上戴着头巾,满是皱纹的脸冻得通红。她刚才出去找了一大圈也没找到蜡烛。此刻她呆立在房子正中间,一句话也说不出来。

"莫克斯太太,"陌生人说,"我有些事要——有些事……我不知道该怎么告诉你……"

母亲的脸很平静,没有一丝抖动。她轻声地,不带任何怀疑地说:"马科斯死了。"

陌生人走向她,轻轻用双手扶住她的肩头,小心地把她扶到沙发跟前。弗里德尔一下跳了起来。

"什么?"他大叫,"你们在说什么?你们疯了吗?"

陌生人的手还在扶着木然不动的母亲。"有时你觉得自己疯了。但其实我们没疯。是他们疯了,那些杀人犯。"

妈妈终于开口说话了。她的嘴唇动了,说出了一些字,能够听到。但她的脸上其余的部分仍然是僵硬的,好像一尊木雕。

"马科斯死了。但是为什么?怎么会这样?"她一遍遍地重复着。

陌生人没有马上回答,他说:"我叫保罗·贝伦斯。他们杀害他的时候我在场……我看着他死了。他是我非常好的朋友,最好的朋友。但是我什么也做不了,我完全无能为力。"

莫克斯太太粗壮的身体像被电击一样颤抖了一下,接着又恢复了木雕一样的静止。她挺直身体坐着,身旁是这个名叫保罗·贝伦斯的年轻人。就是他看到了她的大儿子死去,看到他们杀了他,因为他们,凶手们,疯了。弗里德尔此刻站在桌子的另一边,穿着衬衣和拖鞋,脚上是暖和的新袜子,面对着妈妈和那个陌生人。

"接着说!"他威胁地喊着,"立刻全都告诉我们!"他挥舞着右手,好像要给那陌生人一拳。

陌生人把双手从母亲的身上移开,走到窗户边上,背靠窗台,两首交叉在胸前,开始说话。他说话的声音很大,好像意在克服由于自己的声音嘶哑而带来的口齿不清。他在说话的时候眼睛既不看母亲,也不看弟弟。

"马科斯和我是第二次去大洋彼岸。这之前我们在纽约已经有认识的朋友。那边有一个很大的海员俱乐部，也可能不止一个。另外，还有一个很大的组织，是专门为我们设立的。我的意思是——"他压低了声音，"反对纳粹的海员。你们懂的。我们第一次去纽约的时候去过那里，那次没人注意我们。但是这次不同，他们在我们自己船上的海员里派了特务。靠岸的时候我发觉了，所以警告了马科斯。我说，这次不能去那个组织了，有人跟踪我们。马科斯答应了。而且据我所知，他确实没去那边。但是他参加了一次大型的工人聚会。在那边他们有很多这类的聚会，可以批评他们的政府，说什么都可以，而且没人会因此被捕。不知道他们知不知道有这样的政府是多么幸运！当然这不是重点。马科斯去参加了一次这样的聚会，而我根本不相信他会知道美国的工人是激烈反对纳粹的。他们攻击元首比攻击他们自己的政府还要激烈。等他知道的时候已经太晚了。主要的发言者称希特勒是匪徒、杀人犯和一头疯狂的野兽。如果当时马科斯站起来离开会场以示抗议可能会救了他。但他当时太激动了，因为他从来不知道可以在数以千计的人面前大声地说出事实。这些都是我们平时在甲板上值班的时候，在确认没有人偷听的时候才敢小声说出的话。"

年轻人顿了一下，第一次用眼睛看着他的两个听众。

"他真的很激动。事后他告诉我，当时他坐在那儿好像着了魔，虽然他想赶快离开，可就是做不到。其实我知道，他根本不想离开，他想尽量多听一些，想看看这些对自己的政府提出那么多批评的美国工人，是多么爱自己的国家和自己享有的自由。"

他又停顿了一下。"他想看到这一切。派去盯梢的人也看到了这些。我不知道他当时是怎么想的，但是他肯定把这些都记下来了，然后立即向船长和船上的一个厨师报告。这个厨师在纳粹党内的级别比船长高，所以船长对他的决定只有服从。这个厨子没有对马科斯说过任何关于这次的事情，但是我们刚一离开港口船长就把马科斯叫去，告诉他自己非常遗憾，目前有不利于他的报告，要他小心。马科斯和我，我们非常非常地小心。但是如果他们在背后害你，小心又有什么用呢？也许对于马科斯来说，最好是某一天跳到海里游到一个安全的地方。但是，虽然我们知道这些纳粹恶棍什么都做得出来，但还是没想到他们会这么干。"

弗里德尔年轻的脸因为恐怖和愤怒而显得憔悴。他失声大叫道："是什么？他们干了什么？"

保罗·贝伦斯坐在了他刚才靠着的窗台上。"当我们进港时，一个小艇载着四个冲锋队员靠了上来。四个人，我至今还能在眼前看到他们。他们找到了正在值班的马科斯，对他开了枪。那个厨子一定事先通知了他们，让他们登上了船。肯定不是船长干的。我看到他们登船，是在早上四点。我当时一阵恶心，跑去找马科斯，但是已经太迟了。我看到马科斯正爬过栏杆，似乎要跳进水里。这时我听到那些人冲着他喊'红色叛徒'，'布尔什维克臭猪'，然后就开枪了。马科斯是仰面倒下去的，因为他当时正对着他们。他仰面倒下，跌进海里，一切都太晚了，他一定是立刻就死了。"

自打第一眼看到这个陌生人，莫克斯太太的身上就一直笼罩着一股令人毛骨悚然的、不自然的安静和凝固。大家都觉得她会晕过去。但是没有，她坐得笔直，眼睛大大地睁着。弗里德尔在房子里走来走去，不时撞在家具上，好像眼睛瞎了。年轻的贝伦斯双手遮住眼睛，他不忍看到好朋友的妈妈和弟弟怎样面对这个噩耗。可能他自己也正在被那幅挥之不去的景象折磨着——四个冲锋队员，马科斯，开枪前一刹那他正半对着他们的脸。

他拿出一个褐色的纸包，递给莫克斯太太，但她并没有伸手去接。"马科斯在纽约的最后一天买了这个。这个——"他顿了一下，"这个是磨好的，他说你们想要磨好的。"

母亲突然站起来，粗壮的身体扑向放着褐色纸包的桌子，恸哭起来。她的双臂前伸，双手抓着桌子的边缘，一下接一下地用头撞向桌面，似乎要把桌子撞碎。弗里德尔和贝伦斯怎么劝她也没有用。

"我是不是应该离开？"陌生人悄声问道。弗里德尔似乎很怕留下他一个人和母亲在一起，赶紧用颤抖的声音说："请别走，留下过夜吧。你可以睡我的床。反正我也不会睡的。"

母亲还在用头撞着桌子。在她说过"马科斯死了。怎么会这样?"以后就再没说过一句话。弗里德尔全力照顾母亲,他给她拿来一些水,还撒了一点在她的头发上,但她似乎没有察觉。他从抽屉里拿出马科斯寄来的最后一张明信片,但她不看。他想把她从桌子边带走,但是挪不动她沉重的身体。最后他们俩只好坐在了她的对面,不敢出声,因为她似乎已经神志不清了。

时间一分一分地过去,一个小时,又一个小时。弗里德尔对着贝伦斯耳语着什么,头像灌了铅一样。母亲倒在沙发上,大睁着眼睛,眼睛深处透出疯狂的目光。

弗里德尔还是只穿着一件衬衣,屋子里已经变得很冷了,但他的脑门上都是汗。他插在裤兜里的手紧紧地握着,小声对贝伦斯说着什么。后者只是静静地听,偶尔表示赞成或鼓励地点点头。然后贝伦斯把双手放在激动的、一直小声说话的弗里德尔肩上。

"别急,小伙子,别急。我们当然要替他报仇。但是我们得有耐心,也得有智谋。等那天到了,然后——然后……"他站起来,拿起桌上的褐色小纸包,走到窗前,打开窗户,让深夜寒冷和雾气弥漫的空气灌进屋里。

"有咖啡壶吗?"贝伦斯问道,一面拿起小纸包。

弗里德尔点点头。"好主意,也许这能让妈妈打起点精神,她最爱咖啡了。"他说着的时候甚至露出了一丝模糊的笑容。

他们煮着咖啡。弗里德尔拿出了最好的杯子，是那种镶金边，有蓝色勿忘我图案的。咖啡发出强烈的香气。莫克斯太太呻吟了一声，终于把头抬了一下。

"把马科斯的袜子给他，"她说道，一边冲着年轻的贝伦斯点点头，"在我的内衣里夹着。"

弗里德尔找到了袜子，顺手将包装纸扔到了炉子里。炉子里的余烬点燃了纸。

"这是给马科斯准备的，但你是他的好朋友。"

贝伦斯像个小学生一样不知所措地站在屋子中间，怯生生地鞠了一躬。

"谢谢，"他说，"现在我们让妈妈回到床上去吧。她冻僵了。"

莫克斯太太一直在抽动和发抖，但显然自己并不觉得。她没有碰那杯香气扑鼻的咖啡。对两个孩子在做什么也没有什么知觉。弗里德尔先把妈妈扶到一张椅子上，然后从沙发底下的柜子里拿出被褥，而贝伦斯快速并熟练地铺好了床。

"我在船上学的。"他说。

"谢谢你，马科斯，"妈妈说，眼睛里又露出疯狂的目光，"谢谢你，我的大儿子。"

她躺下了，一动不动。抽搐和颤抖也停止了。

但是她并没有真的平静下来。既没有睡着，也没有昏迷。两个年轻人拿着咖啡悄悄地挪到弗里德尔的房间，他们觉得这个无声无息的状态是个凶兆。母亲有时会突然说话，声音古怪，令人不安。还有一两次她大声地笑出来。

"明天早晨得去找医生。她病了。"弗里德尔说。贝伦斯没搭腔。

弗里德尔蹲坐在冰冷的地板上，年轻的脸因为愤怒而变了形。

"明天是圣诞夜。"

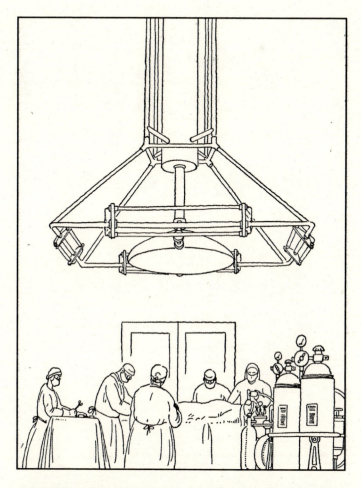

本市那所著名的医院仍然是外国人眼中德国科学水平的象征。现代化的手术室整洁而明亮，所有的设备似乎都由玻璃和金属制成，它们设计完美，具备各自特有的功能，而且彼此和谐共处，闪闪发光。

第九章
医　嘱

位于歌德广场的市医院直到最近还是属于一个天主教会，医院由修女们管理。她们不仅受过全面的医学训练，而且坚信自己所做的事是回应上天的感召，所以是无比美好且重要的。她们的温柔和喜悦并不会受到医院围墙之外的世界的纷扰。她们和依赖于她们的病患之间的关系是纯洁的，不掺杂任何名利和其他欲求。即使有人觉得这些身穿制服，轻手轻脚，安静得像是来自另一个世界的修女们还有什么不足之处，他们也不得不承认不可能找到比她们更好的来替代。

1938 年 5 月，阿道夫·希特勒的政府决定"替换"医院的人员。元首通过报纸一次又一次地声称"伪善的修女们"都是无可救药的腐败分子。她们不仅向国外走私黄金，还和医院的首席医生有某种不体面的关系。那个医生六十多岁，是个天主教徒，被怀疑同情君主制。更严重的是，她们还一起策划了至少一次谋杀。（一个纳粹党的高级人物去年冬天在这个医院接受了一次癌症手术后死去。）总之，当局采取了严厉的行动。首席医生被迫逃亡，修女们被赶走，教会也得不到任何经济上的补偿。有两三个修女逃到国外，其他的修女则被关进监狱，而审判却遥遥无期。检察官手里的"材料"只有一些孩子和精神病人以及告密者的毫无价值的"作证"，连当局都不敢凭这些东西进入审判程序。这座城市大学的刑法教授哈伯曼博士大声疾呼反对这次审判，当局听取他的意见保持了足够的理智，但是这并不妨碍他们剥夺了他的职务并且停止了他的授课权。"何时恢复另行通知。"他们也知道，强迫哈伯曼教授的学生改听另一个百分之百的纳粹教授讲课将是一件非常困难的任务。

首席外科医生的职位给了舍巴赫教授。这位外科医生在国际上享有盛名，在巴黎、纽约、东京或者布宜诺斯艾利斯都可以找到很好的职位，但是他选择留在德国。刚接到邀请时他有些犹豫，但是后来还是接受了。也许是因为他冷峻的外表下隐藏着某些感性的成分。在希特勒执政的第六年，他接受了这座他出生和长大的城市的医院给他的职位。

舍巴赫教授的外表并无超常之处。他中等身材，正值中年，长着一张普通人的脸。智慧的额头上是一层金色的短发。他的眼睛可能是蓝色的，但是因为眼镜片太厚而看不太清楚。他的嘴巴很宽，显示出对生活的热情。他的身体很强壮，长了一双典型的外科医生的手，强壮有力但又像女人的手那样灵活和柔软。工作之外，医生还有两个爱好：音乐和雕刻。虽然他的职业让他接触到社会的方方面面，但是他对政治毫无兴趣。他的手术无可挑剔，而且是一个说一不二，但又性情快乐的上司。他从未结婚，可能因为他对所谓社会责任不感兴趣。在德国的不同城市度过的职业生涯中，他一直和他出生的这座城市保持着密切的联系。正是在这里他听了有生以来第一次音乐会，第一次参观了一家美术馆。

希特勒上台的时候，舍巴赫甚至根本不认为德国会有什么大变化。

他哼了一声："小题大做！不就是保龄球馆换了一个经理吗？"

接着，新政府强迫所有犹太族裔的医生离职。舍巴赫一个最重要的助手是犹太人，所以他对此提出了抗议。但是他并没有做得很激烈，而且他足够聪明，或者说足够谨慎，没有把这件事上纲上线。他只是让当局知道，他，舍巴赫教授，不会自己去解除那个年轻人的职务。而如果没有施莱辛格医生做他的助手，他将不得不辞去自己现有的各种职务。最后政府让步了。他们觉得舍巴赫实在太重要了，简直就是雅利安优秀人种独一无二的典范。如果因为这样一个无足轻重的原因而失去这位优秀的医生，实在是得不偿失。五年之后，当全世界都已经对第三帝国的行为方式逐渐习惯的时候，舍巴赫医生得到了本城市医院的任命，而他的助手也终于在此时被赶走了。接替施莱辛格医生的是一个"国家社会主义运动"的骨干分子，基林格医生。

也许这位优秀的德国医生舍巴赫最近几年的经历值得在这里说上几句。表面上看，他的生活确实没有被周遭世界发生的变化所影响。每周两次在柏林大学医学部的授课也一直照常进行。当然，新的教科书里增加了一些关于种族和血统的无聊内容，但是他觉得对这些玩意完全不必在意。他甚至觉得可以偶尔对这些东西开个玩笑。有一次他在课堂上说：

"先生们，在这种情况下，如果这个伤口已经不流血，病人就很危险了。不管是雅利安还是非雅利安的血都一样。拜托你们记住！"

但是一个学生打断了他的玩笑。他从座位上跳起来，傲慢地大声说道："教授，以国家社会主义学生团体的名义，我拒绝所有对我国最神圣的原则所开的下流玩笑。"

教授像小学生一样涨红了脸，一句话也说不出来。课间休息的时候，他也一反常态地一言不发。几个月以后，这个学生参加考试，舍巴赫教授给了他一个比他应得的高很多的分数，而他自己也不太能解释他为何要这样做。

但是有时候，而且越来越多的时候，他觉得自己有些肮脏。好像自己的手黏糊糊的，没有好好消过毒。他已经滑到纳粹的肮脏游戏里面去了，而自己却不知道是如何滑进去的。是他自己低估了这个变化，还是没能足够严肃地对待它？或者就是觉得它不可能触及他，一个独一无二的医学教授的私人生活？也许这才是问题的关键。

实际上情况多少像是这样：舍巴赫是一个受过高等教育而且天生才智过人的人。他不仅是自己的专业领域里的大师——可能在整个德国都没有竞争对手——而且在生活的其他方面也是如此。他在某些领域的知识非常丰富，而这些领域一般的外科医生通常一窍不通。他对音乐有深厚的知识，对雕塑艺术的了解甚至超过很多艺术家。但是，他认为必须在他的这些兴趣之间画出一条清晰且甚至是不可逾越的界限，而这恰恰是他生活中的一个准则。

他想知道，艺术和外科手术有什么关系？新政府提出的所谓新的生活哲学和我又有什么关系？不管怎么样，我会坚持自己的生活哲学。我不会去麻烦政府，这样政府也几乎可以肯定不会来麻烦我！过了很久，教授才在心里承认，随着"极权国家"的概念被神圣化，德国生活中的各个方面都已经被败坏了。

好吧，即便如此，只要教授的个人生活未受影响，他也没有兴趣去和"作为一个整体而生活"的所谓的新的哲学去战斗。他们迫害犹太人和天主教徒，迫害政治反对派，毒害青少年，实施国家犯罪的对外政策，这一切都无法破坏我们这位努力工作的优秀外科医生内心的平静。他成功而富有，可以对其他人的痛苦遭遇视而不见。但当他个人的兴趣，他个人的、私人的观念成了攻击的目标，成了国家干预的一个特殊领域的时候，他开始感到不舒服了，开始后悔他没能早一些采取行动。我们本来可以在事情的一开始就做点什么。只要我们这些科学家联合起来提出抗议，总会有一些效果。本来我可以带头提出抗议，就算在德国失败了，也可以对外面的世界发出警告。至少我们的科学研究可以不被这个极权国家的魔爪所染指。

生活迫使他采用另一种思路。他第一次遇到一个集体概念——"我们"。在此之前，他除了"我"这个代词难道还需要用其他代词吗？太晚了。我的诊断太晚了。好吧，无论如何，我是外科医生。内科诊断不是我的领域。在还来得及的时候做出诊断应该是另一些人的责任。这是别人应该做的事，想到这里，教授的心绪平静了一些。教授就此结束了沉思。为什么要担心呢？我是谁？我是"伟大的舍巴赫"，所有人中只有我还能多少不被打扰地过自己的生活。

很不幸，过了没多久，即使贵为"伟大的舍巴赫"的他，也不被允许在第三帝国不受打扰地按自己的方式过日子了。而在理论上，或当局所谓的哲学上，对私生活的尊重和政府无处不在的干预也无法划清界限。对日常工作和生活的粗暴干涉已经发生了。教授此前从未想过，这些"与他无关"的政治事件会使一个医生、一个外科大夫如此不堪忍受。

在市医院对舍巴赫教授发出邀请，希望他担任首席外科医生职务的时候，他并不清楚这项任命背后的真正原因。他只是被告知他的前任年纪太大了，所以医院希望他，本城的骄傲，能回来任职。不久他就惊讶地发现，他尊为"最上等的人才"的天主教修女被取而代之，不是别人，而是国社党的护士组织"褐色姐妹"。而这个组织一向把纳粹僵死的正统教条置于专业技能之上。这些"褐色姐妹"多数是一些莽撞嘈杂的年轻女人，她们甚至不懂关门的时候动作要轻，更别提能把绷带缠得符合医生的要求。当病人感到痛苦、紧张或者烦躁的时候，"褐色姐妹"就会告诉他们我们的元首最讨厌哭哭啼啼的人。修女们引用主耶稣的话鼓励和安慰病人，而褐色姐妹们却用恶毒的腔调搬出元首来让他们闭嘴。最让教授愤怒的是，即使是这样的人在数量上也不能保证。以前一个修女平均照看四个病人，而现在每个"褐色姐妹"要分到六到八个病人。

"这种状况是可耻的。"教授这样对市长说。后者悲哀地点点头，答应做出改善，但显然他根本无力兑现承诺。

资历较低的医生和实习医生的水准同样是"可耻的"。政治干预德国生活各个领域的毁灭性后果在医学学生的培训中显而易见。在德国的某些地方，比如在符腾堡，出台了一个新的规定，即只有那些持有冲锋队体育合格证书的高中生有资格参加大学入学考试。但是要通过这个体育测试，学生所要付出的时间和精力几乎会让他无暇他顾。在这方面，最近的说法是"体力训练"在考试中要占有主导地位。如果舍巴赫稍微多注意一下每天的新闻报道，他就会知道一个学生如果在"体力训练"上成绩突出，他本来只够"及格"的成绩就会被升为"良好"。报纸上一个又一个专栏在讨论，那些四肢发达而在专业学习上懒惰而又漫不经心的学生如果可以拿到德国最好大学的文凭并且被送到国外，接下来会发生什么？[i]

新录取的医学院学生多数属于漫不经心、糊里糊涂之辈。他们无法适应长时间的持续思考。如果大学被授予调换申请人的权力，危害的范围可能还可以控制。但是大学没有这个权力。新的德国当局把医学课程缩减为两年，医学院的老师们本来就不知道如何在正常的学期课程下，给这些没经过学术训练的脑子里灌上必要的知识，而现在课程还要大幅缩减，老师们也就只好听天由命了。

舍巴赫教授说："如果我的学生是一群无能、危险、类似杀人凶手一样的毫无希望的坏种，那不是我的责任。我毫无办法。"可能比学制的大幅缩减更严重的问题是江湖医生和自然疗法师的法律地位问题，根据新的法律，他们和职业医生具有同等的法律地位。"那些内心获得自然疗法的特殊感召的人可以免除高等教育和所有的考试。"新法律如是说。

舍巴赫教授当然不会允许自己的下属中有任何江湖医生。

---

i 学校过度强调学生的体能：冈瑟·舍勒博士（Dr. Günther Scheele），《作为学校科目的体力训练》，见 1939 年 5 月 11 日《黑色军团报》。

但是却有越来越多被这些江湖医生误诊误治的病人被送到我们的医院来：有些人中了毒，有些人的肢体被接坏。但是在德国没人可以对这些危险的误诊误治提出有效的抗议。持照医师中有四分之一是自然疗法者，这些人毫不掩饰自己从未接受过任何医学培训，而剩下的四分之三中也有很多人接受的训练严重不足。

雪上加霜的是，一个新的法令禁止病人在一年内更换一次以上自己的家庭医生。即使这个家庭医生，或者是自然疗法师已经被证明完全不合格，像是把癌症诊断为流感或者把流感诊断成伤寒热，病人也无权要求换人。

政府的公众健康政策产生的恶果和改弦更张的希望渺茫败坏了舍巴赫教授天生的乐观主义精神。

有一天晚上，他一边喝着一杯葡萄酒，一边在看着一天的工作报告。"这毫无意义，"他突然大声说，"这样下去没有一丝一毫的意义。"他的眼睛瞥到了劳工阵线主席莱博士发出的一个号召，大意是"每一个人都有神圣的义务使自己健康"。舍巴赫忍不住大笑起来："但是人民拒绝这个神圣的义务，他们坚决拒绝健康！"

看上去正是那些遵循了莱博士教导的"人民"未完成自己的"神圣责任"。根据对劳工阶级保险数据的统计，1933年到1936年之间，工人患病的人数增加了百分之二十点三。而从1936年起这个数目又增加了百分之二十点九。统计部门不得不承认："由于患病人数增加和治疗不利,有七十万工人永久地离开了工作岗位。"教授从前毫不关心有关社会问题的各种统计数字,但在一夜之间熟悉了所有这些。不管他自己是否愿意,这些数字已经和他的工作甚至生活密切相关。医院里已经人满为患。光是全国发生的事故造成的伤害一项就在1935年到1937年期间增加了四十五万起,从而对医院造成无法承受的负担。强迫加快工程进度,缺乏熟练工人,工人营养不良和缺乏劳动保护都是事故增加的原因。

由于医院没有床位,一个双手被烫伤的工人只能住在家里而每天去医院治疗。教授说:"这也一样是医院的耻辱!"

助理医生基林格说:"我看没什么大不了。我甚至怀疑这个人是故意烧伤自己来逃避劳动的。"

舍巴赫勃然大怒。

"谁告诉你这没什么? 你有脑子吗? 这当然会造成伤害,在某些情况下甚至会让他死掉! 病人发着高烧,根本应该卧床。就连换绷带也应该在床上。可是现在呢? 他得每天挤电车到医院来,如果伤口不感染就是万幸! 你还说'这没什么',你的脑子进水了吗? 你!"

很显然他实在想不出更合适的词来斥责这个嬉皮笑脸的基林格医生了。后者静悄悄地等着他的上司发完脾气,心里想着,等着瞧吧,我很快就会让你知道你是在和谁说话。这位年轻人对自己将获得最后的胜利充满信心。

奇怪的是，基林格医生的愿望迟迟没有出现。医生奇缺使得当局对舍巴赫这样的人不敢轻易下手。全国的发病率稳步上升，同时合格的医生越来越少。党卫军官方报纸《黑色军团报》就国民的健康水平下降频频发声。一篇大字标题的社论的标题是："看病要提前预约"[i]。"一个可怕的事实是，根据统计，百分之七十五的德国男子曾经或者正在患有性方面的疾病，其结果是帝国每年减少两百万的新生儿。""这对国家提高出生率的计划是一个严重威胁。""黑色军团"要求从现在起，每个人都必须随身携带由警察局签署的健康证书以备随时查验，就像登记在册的妓女所携带的证书那样。证书上要载明持证人曾经或者正在患有哪种性病，而且还要附有定期的检查报告。一对男女只有证明自己没有感染梅毒才可以合法地交媾。

　　不仅是性病，职业病和工伤也在这几年直线上升。

　　有一天基林格医生说："我不明白咱们这个城市是怎么了。这儿的人是不是特别差？好像全德国再没有一个地方像我们这儿有这么多人生病吧？"

　　舍巴赫教授耸耸肩。

　　他拿起自己桌子上一份印刷品，"拿去看看吧，医生。看了你就知道了"。

---

i　关于公共健康状况恶化的评论：《看病要提前预约》，见 1939 年 5 月 11 日《黑色军团报》。

基林格医生迟疑地看了那些数字一眼。"白喉:1933年,七万七千三百四十起;1938年(不包括奥地利),十四万九千四百二十四起。猩红热:1933年,七万九千八百三十起;1938年(不包括奥地利),十一万四千二百四十三起。小儿麻痹症:1933年,一千三百一十八起;1938年(不包括奥地利),五千七百五十七起。"

年轻的医生放下这张纸。"上帝啊!这么严重!"

舍巴赫目光严厉地看着他,点了几下头:"是啊,就是这么严重。你现在明白了?"但是粗蛮的基林格根本没明白什么。说到底,德国人的健康状况对他而言并不重要。舍巴赫接着说:"年轻人,你真的是脑子短路了。但是记住,这一切都是自然的结果:你的国民营养不良,又要干重活,他们就会生病;然后,年轻的医生不学无术,而且即使是这样的医生也不够数,因为现在'学术职务'受人蔑视,再加上护士和护工也不够,药物不够,而且卫生合格的医疗用品也不够——所有这一切都会导致病人的病不是好转而是恶化。就这么简单。明白吗?"

基林格厌恶地皱着眉头,但是并不反驳舍巴赫。"好了,我要下楼去看看我那些可怜的没人管的病人了。"说完就离开了房间。

舍巴赫在桌子旁边坐下来,拿起一张《导报》。"音乐可以灭菌"映入眼帘,白纸黑字。教授赶紧擦了擦他的眼睛,怀疑自己看错了。"很多科学家在研究音乐的疗愈价值。在我们愉快的劳动生活中，有着越来越多的对精神疗愈的需求。这就很容易理解，应该不断地发现有助于维护健康的镇静和保健手段。音乐可以杀死让人懒惰的细菌……"[i]

"真的要让人发疯了。"舍巴赫发现自己在大声自言自语，"真的要把脑子洗一遍了。这些人可以写出这样的东西而不用进监狱。'音乐可以灭菌。'简直是谋杀！"

他猛地把这张报纸揉成一团，又拿起一份国社党医学联合会的期刊。他觉得这份刊物里的东西至少应该比较专业。一位名叫耶恩的马尔堡大学外科学教授撰文，标题为："医院耗材的必要经济学"。他对通常使用酒精和消毒剂的手部消毒方法提出异议，说为了节约肥皂、酒精和消毒剂，医生应该"缩短和简化"消毒程序。至于缝合伤口用的肠线和丝线，他强烈建议每次不要用太长："十八英寸到二十英寸长已经足够缝合表面创伤。"为了节约包扎材料，他建议医生使用创可贴。"为什么一定要用一整卷纱布呢？再加上药棉，还要用胶布？我们必须时刻牢记节约，因为现在国家的财产就是每个德国人的财产。"

舍巴赫的右手还攥着刚才揉成一团的报纸。他的拳头重重地砸在桌子上。但是他继续往下看耶恩医生的文章，简直不敢相信有人会提出如此危险的建议。"要避免过于频繁地

---

i 《音乐可以灭菌》，见 1939 年 7 月 7 日《策勒日报》。

更换绷带。"然后他又建议用一些"絮状物"代替药棉。这位马尔堡的医生是唯一一位提出这类建议的人吗？绝不是！位于萨克森州茨维考的国立医院内科主任卡吕斯走得更远。他认为现在应该废除用热水洗手，因为用三十几度的温水就完全可以起到相同的作用。他还建议从现在开始肥皂都应该挂在一个网兜里，医生洗手的时候在网兜上擦几下就可以了。

教授使劲地眨眨眼睛。上帝啊！什么时候才能到头？上帝啊！如果传染病暴发，我们如何应对？如果在和平时期我们就要施行这些危及生命的做法，一旦战争开始了，我们又将如何医治伤员？他把那份报纸和医学期刊都丢进废纸篓，摘掉眼镜，两只手托着下巴，头疼欲裂。

这一天是12月24日，如果没有特殊情况，舍巴赫会比平时早一些离开医院，回到家开一瓶好酒，一个人安静地度过平安夜。他喜欢一个人，也想象不出来这个时候还能和谁在一起。医院已经满员，没有可能再收治哪怕是一个病人。病房都巡查过了，也没有安排手术。舍巴赫正要脱下白大褂换上自己的褐色外套，门突然被猛地推开，基林格医生冲了进来。紧跟在他后面的是一个面带怒色、衣冠不整的年轻人，头发被汗水粘在苍白憔悴的脸上。舍巴赫穿着衬衣，褐色的外套还拿在手上，不禁勃然大怒。

"你怎么敢不敲门就进来——你……！"但他突然停住了，注视着那个跟着进来的年轻人。

基林格医生正要开口，但那个小伙子抢先一步，像一只猫那样轻轻地跳到医生跟前，对着他的耳朵小声说："你必须收下我的妈妈，你听懂了吗？必须！我妈妈在门口的出租车里。她已经快瘫痪了，而且我觉得她已经神志不清了。这位医生说没有病床，但是必须有病房，你会收下她的，对吗？"

　　舍巴赫好像对这一粗鲁的闯入毫不在意，而且立即像一个在前台的值班员那样，用标准的口气和程序开始提问："你的名字？你母亲的名字？瘫痪是什么时候开始的？神志不清是什么时候开始的？"

　　基林格正要开口，舍巴赫示意让他闭嘴。弗里德尔·莫克斯一直用耳语的音量讲述事情的经过。他的声音紧张，颤抖，但是说得很仔细。舍巴赫让他坐下说，但他似乎没听见。

　　他小声说着："今天早上她不认识我了，而且一直把贝伦斯当成马科斯。她走路东倒西歪的。我们扶她上出租车的时候她发出可怕的笑声……"他说到这儿顿住了。

　　舍巴赫转向基林格："118 病房的病人可以出院了。对吗？"

　　基林格开始结巴。"可，可，可是，118 的病人是一个冲锋队司令官，他还没有在这儿找到住处——"

　　"那就让他去找一家旅馆，病房必须立即腾出来给新来的病人，立即！听懂了吗？"

　　弗里德尔这才一下跌坐到一把椅子里。

"感谢上帝！"这是他用正常的声音说出来的第一句话。

舍巴赫看了一眼 118 号的新病人，示意让弗里德尔出来。

弗里德尔站在走廊里问："她会死吗？"

教授没有回答。

"脑出血，"他对基林格说，"准备注射苯巴比妥，冰袋，放血，听见了吗？快去！"

一个小时，又一个小时，12 月 24 日的整个下午，整个晚上，舍巴赫医生都坐在莫克斯太太的床边。她不再笑了。苯巴比妥和放血疗法起到了镇静作用，但是她仍然不能说话，呼吸也有困难。迄今为止她没有发烧，医生一直亲自给她的额头上敷冰袋。值班的护士退下去了，无奈地摇摇头。显然，教授想和新来的病人单独在一起。病房的门关着，站在外面的护士惊讶地发现教授一个人在说话。洪亮阳刚的声音充满了温柔的抚慰。

"你能听见我说话吗？"躺在床上的女人不能点头，只是冲着医生眨了眨两只分得很开的眼睛。但是医生相信她听得见。"所有这一切，"他说，"所有这一切都是可怕的、令人发指的、不可原谅的罪行。你一定不相信，这一切还会继续很久。我在这儿就是为了告诉你这些，因为我也帮不了你什么。"

躺在床上的女人发出了一声模糊的声音，好像是从肺部的深处发出来的，伴随有轻微的嘶嘶声。教授托起她的头，轻轻摸了摸她的面颊。

"发烧了。"他大声说。心里想，是肺部感染，我最担心的就是肺部感染。

女人朝着医生热切地眨着眼睛，好像希望他继续说下去。

"我知道你的故事，"他说，"我还知道很多别的故事。你不是一个人，莫克斯太太，你的儿子们也不是一个人，你死去的儿子，还有活着的儿子，他会看到这一切的结束，看到新的开始。你听到我跟你说什么了吗？"

女人开始发出模糊的呻吟声。她似乎用力想从床上起来，但只是身体微微抽搐了几下。她的面孔开始发红，发烧的热度在升高，但她的眼睛里仍然充满着热望。

"对此我们都要负责，"舍巴赫教授一边说，一边把身体俯向她，"我在这儿就是要告诉你，我知道我们都要负责。"

接下来，医生似乎开始对自己说话，声音低到几乎听不到："此时此刻我觉得自己又一次被净化了。因为上帝知道这一切还要多久。"

病床上的女人正在忍受煎熬。医生从她的眼睛就能看得很清楚，她的心里一切都明白。他接着说道：

"我会照看你的儿子，你的弗里德尔。别担心，我会送他进学校，送他出国。也可能他会留在国内为'结束'做准备，推倒那些假偶像。但我会让他没事，让他什么都不缺，让他成为一个优秀的男人，让他有所成就——我向你保证，莫克斯太太。"

泪水从母亲的眼中流出来，流过她发红的面颊。但是她的眼睛和她的面孔一样僵硬，一动不动。

"等一下，"医生说，"我会让你轻松一点。"

他走到走廊上给了值班护士一个医嘱。护士让他重复一遍。

她一边递给医生注射器，一边说："这个过量了，过了很多。"

舍巴赫医生让她退下。她照办了。

"我现在来帮你，"他一边说，一边把女人的袖子卷上去，用一根橡胶带扎紧她的胳膊，又用一个酒精棉签在注射部位消了毒，"你一会儿就会觉得好过了。"

他一边推着注射器一边想，完全没有希望了。也许她能熬过今夜，也许能熬过明天，但那将是怎样难熬的夜晚和白天！当然我可以自己来，不一定非要护士给我准备这剂过量的吗啡。但今晚我要保持纯洁，不要遮掩……小心翼翼地，他把针头从病人的手臂里抽出来。

通过静脉注射的吗啡立即起了作用。女人放松了，闭上了眼睛。医生握着她的右手，感觉到她的脉搏一点一点地变弱，直到完全停止。她僵直身体开始慢慢地退热，直到完全变冷。她一直张开的嘴也闭上了。她的嘴唇露出一丝笑意，但此时她的脸已经不是原来那个莫克斯太太那张冰冷的大脸。母亲的脸变得好看了，前额变得光滑而有光泽，像一个孩子的前额，像她的那个在进港的时候被打死的儿子的前额。

好像是怕吵醒睡着的病人，舍巴赫医生轻轻地走到走廊里。

他对护士说："一切都结束了。"

楼下进口处的外面，弗里德尔正坐在冰冷的台阶上等消息。

医生对他说："都结束了。上楼去吧。"

弗里德尔没有动，只是垂下了头。过了一会，他从下往上看着医生的脸，问道：

"你做了所有一切？"

"所有一切，"医生回答，然后又近乎耳语地加了一句，"所有一切，还多一点点。"

弗里德尔听清了医生说的话。他站起来，伸出手。

"谢谢你，这样很好。"

舍巴赫把双手插在大衣的口袋里走过街道。大多数的房子还在黑暗中，只有间或在几个窗户中透出圣诞树灯饰亮起的光。

"是啊，这样很好，"他一边自言自语，一边仰起头，透过厚厚的镜片看着阴云密布的天空，"不管发生什么——事情会好的——会比现在好一千倍。"

我们的城市，生活在继续。热闹的市中心令人印象深刻，但郊外的风景更加柔美。那里一片祥和，宽广的草坪，起伏的小山，潺潺的流水。有一个令人羡慕的男人就住在那里，住在那些被灌木环绕和树荫遮蔽的简洁独立别墅其中的一栋。

第十章
黑暗降临

　　党员汉内斯·戈特佛里德·埃伯哈特同志是我们这儿最重要的一份晨报《导报》的文字编辑。这是一份体面的、报酬丰厚的工作。他得到这个职位正是在纳粹掌权不久的1933年初。这项任命部分是对他长期服务于国社党的奖励，还有一部分是因为他的文章总是写得铿锵有力，而且饱含"血与土"的德国精神。实际上作为一个作家，他并不属于文化上的激进分子，即所谓的"城市先锋"那一类，相反，他写了很多关于狩猎的文章，即使在共和时期，他也在喜欢这类文章的读者群中赢得了一个温和作家的声誉。在他的书中不乏对迷人的自然景色的描写，还有不少生动的铅笔画，画面通常是温柔的母鹿、骄傲的雄鹿、肥胖的野鹅，猎人在草丛中蹲坐着守候猎物："灰色的晨雾像银色的纱巾一样遮掩着山谷，露珠像珍珠项链似的装点在草叶上。"

汉内斯·戈特佛里德·埃伯哈特是一个谦逊的人,他并不认为自己是一个伟大的艺术家。他参加纳粹是因为不喜欢犹太人,特别是不喜欢某些他认为过于耍小聪明、见风使舵的同行,而他觉得这样的人里犹太人居多。他觉得他们喜欢把一切事情都肢解成碎片,然后再用一种纯然负面的精神对这些碎片进行分析。他们喜欢亵渎所有神圣的事物,只是为了起到惊世骇俗的效果。他相信纳粹上台会净化德国文坛,使得他自己非常珍视的价值观得以回归,比如祖国和荣誉,坦荡的胸怀和勇气,古老的传统和习俗,男人之间的友谊,终日在壁炉前忙于家务的女人们的自豪感。

他写的书,加上不定期地给杂志投稿,已经给他带来足够的收入。现在作为晨报的编辑,每个月的收入又能多五百马克,这让他心满意足。他把家安在了城外的森林边上。他买了汽车,每天开车上下班也成了一种惬意的休息。这段时间里他可以回顾和整理自己工作上的思路。每天晚上开车离开拥挤的城市和街道回到自己的领地,这感觉真是妙不可言。

"看看这儿。"他对妻子说,一边透过书房巨大的窗户指着外面。通过这扇窗户,他家正面的景色一览无余。"看!这一切都是咱们的私人领地。小河、猎场、草地和树林。咱们的领地,咱们的王国。除了你和我,没有别的统治者。"他的妻子微微笑着。她是一个温柔可爱的女人,黑黑的发辫像皇冠一样盘在头上,穿着德国乡村式样的衣服,配上精心挑选的木珠

216

项链和旧珊瑚胸针，显示出她的艺术气质。

他们有三个孩子，两个女儿一个六岁，一个四岁。小儿子汉内斯·阿道夫在他的父亲当上《导报》文学编辑的时候才十一个月。

小儿子的名字一半来自父亲，另一半来自元首。他过第一个生日那天埃伯哈特举办了一个聚会，请来了所有的邻居。城里的朋友们也来了，有画家、演员、作家。一个大号啤酒桶放在屋子中间。父亲骄傲地说，六岁的黛安娜是"狩猎女神黛安娜的教女"，而四岁的艾尔菲是根据林中的小精灵命名的。这两个小女孩每天晚上都要到各个邻居家的草坪上表演玫瑰花环舞，而今天她们的节目是朗诵她们的父亲为了今晚而写的诗。当朗诵到歌颂元首"像一个永远隐身在我们中间的万能的守护者"的诗句的时候，两个孩子一起高扬右手行纳粹礼。这时，这个聚会的小主角，坐在鲜花环绕的婴儿椅上的汉内斯·阿道夫，被吓得大哭起来。

八点钟，孩子们回去睡觉了，大人们继续留下。晚会的主角还有埃伯哈特太太和年轻的轻歌剧明星格丽塔·麦茨。埃伯哈特太太今晚穿着宽摆收腰的织锦晚礼服，由于兴奋面孔微红，显得颇为迷人。而麦茨小姐今晚穿一袭玫瑰色的绉缎长裙。据她自己说，这很适合她这种"苗条的类型"。她白金色的头发烫得一丝不苟，但是上面却戴了一顶类似于加冕时用的皇冠。这使得她看上去相当滑稽。这顶皇冠差点毁掉整个晚会，而我们的男主人当然要尽力避免灾难的发生。简单地说，有人奚落格丽塔·麦茨，而有些话弄不好会惹来政治上的麻烦。

这时埃伯哈特太太走过来轻声对他说："他们喝得太多了。"同时有些忧虑地看着她的丈夫。她去厨房煮咖啡了，而他振作了一下，准备努力恢复晚会友好轻松的气氛。

事情是这样的：客人里有一位画家暗恋着麦茨小姐，而她头上戴的那顶皇冠让他很生气。他非常清楚这是谁送给她的礼物，于是公然嘲笑"区长大人"的艺术品位还停留在巴伐利亚的路德维希二世时代。

"女人都非常需要有人崇拜，"他说，"但是还得看看她的崇拜者是什么品位。你啊，小姐，一个艺术家，不应该允许你漂亮的小脑袋被一个毫无品位的人弄得如此滑稽可笑，就算这个人比我们尊敬的区长大人还要位高权重一千倍也不行。"

麦茨小姐一口否认。

"这是我的姐夫最近送给我的礼物。"

但我们这儿是个小城市。像区长这样的大人物送给一个年轻女歌星贵重礼物这样的事很难避人耳目。几乎每个人都知道这顶皇冠来自哪个珠宝店，也知道最近有谁光顾过。大家还知道麦茨小姐曾经对区长大人的追求表示过冷淡，而这使她几乎失去她在歌剧院的位置。从那以后，她就被视作区长的未婚妻了。画家对这些自然了如指掌，所以不肯就此打住。

"格丽塔，"他说，"别不承认。咱们的歌剧院正在走下坡路。区长大人没有品位，艺术总监没有骨头，所以在艺术上自然是每况愈下。在道德方面也是如此，你们这些艺术家都在跟风，随着上面的喜好行事。我们的剧院确实变成了一个公共场所，但它是在最坏的意义上——变成了那些穿军装的人的地盘。每一个冲锋队员都可以到歌剧院找他们喜欢的东西。如果你们这些'自由的艺术家们'不那么趋炎附势，上帝就会出手帮助你们。"

吓坏了的主人赶快出来制止。

"亲爱的古斯塔夫，你的幽默感哪儿去了？军装也是剧院的一道风景。喜欢穿军装的人就是'趋炎附势'？咱们的冲锋队员和咱们的区长一样，都是英俊的小伙子。"

"你说他英俊？四十二英尺的大肚皮外加罗圈腿？得了吧，格丽塔，快把那个玩意儿摘下来。你真的就这点品位？"

格丽塔不回答，转过身用背对着他。这时埃伯哈特的上司，《导报》的总编辑开口了。

"你还是别说了吧。是不是一定要惹出麻烦来？"

画家的脸红了。看得出来他费了好大的劲把冲到嘴边的话咽了下去。

"我是开玩笑的，"他说，"开玩笑还是可以的吧？"

埃伯哈特松了一口气。正好这时他的妻子端着热气腾腾的咖啡走进来,于是一切都复归平静。

当天晚上,埃伯哈特躺在床上回想刚才发生的事情。

他给太太讲了她去煮咖啡的时候发生了什么。"你能想象吗?我当时都不知道眼睛应该往哪儿看。"

埃伯哈特太太的黑头发散在白色的枕头上,两臂交叉放在胸前,若有所思地看着天花板。"情况是不太好。我是说在剧院,在咱们这儿,甚至整个德国,都出了一些不好的事情。但可能都是暂时的吧。不管怎么样,对你没办法改变的事生气也没用。"

丈夫点点头:"我希望总编没有太当真。反正上帝知道,这不是我的错。"

潮湿清冷的空气透过卧室开着的窗户进到屋里来,几乎已是满月的月亮高悬夜空,月光洒在屋里两张窄窄的床上。通向孩子们房间的门开着,母亲觉得自己可以分辨出是哪个孩子发出的呼吸声。其实今夜非常安静,没有任何声音。

当"伟大的时代"降临德国的时候当个记者非常不容易。原来的狩猎主题作家汉内斯·戈特佛里德·埃伯哈特不得不经常把稿件带回家。他对动物和大自然的描写仍然得到高层的,实际上是最高层的认可。但是一旦他不能再按自己的喜好,而要听命于官方的安排而写作,写作本身的乐趣就大大降低了。

更重要的是,他看到了很多事情,而他又有基本的诚实,那些不能说的事情比他不得不写的文章对他的折磨更甚。

城里的文化生活——剧院的节目,学校和大学的课程,教会的处境,这一切都被他看在眼里。但对现状的任何批评,哪怕是最谨慎小心的批评都是被禁止的。不仅如此,这些问题本身就是禁忌,只要提到它们就是危险的。

这就是1936年的德国。一切都是渐进的,埃伯哈特自己也说不清他是从什么时候开始产生了焦虑和愤怒。他清楚地记得去年曾经写过一篇经过精心伪装的短文,非常小心地影射和批评了元首。故事是杜撰的,说的是一辆挤满乘客的巴士被司机开进了沟里。他引申这个故事,最后说明"雇佣一个不负责任的司机会对公共安全造成多么严重的伤害"。

"乘客完全没有想到过危险,他们不假思索地相信这个开车的人一定会将他们安全送到目的地。而司机呢,不知是因为得意忘形还是因为根本不怎么会开车,却将车开得飞快。他根本不管弯道和其他危险,直到车子失去控制。这时乘客们才注意到这个司机是个冒牌货。他们想跳出去挽救自己,但是已经太晚了。巴士满载着男人、女人和孩子侧翻到壕沟里。上帝保佑那些信任这样一个司机并且没有及时发现危险的人吧——当司机犯下第一个错误的时候,就应该坚决地撤换他。"

这篇小评论用小号字登在《导报》的第四版上,但还是引起了小城中各个不同圈子读者的注意。文章传来传去，亲密的朋友圈中都在热烈地议论。所有人都知道"司机"指的是谁。令埃伯哈特吃惊的是，地方当局居然没有追究，主编居然也没有训斥他。过了不久，这件事就过去了。

时间过得很快，转眼间汉内斯·阿道夫五岁了，长成了一个迷人的，金发黑眼睛褐色皮肤的小家伙。根据有关规定，应该每天让他在幼儿园待两个小时。埃伯哈特太太想把他留在家里自己照看，但是一个纳粹党任命的负责有关事项的年轻女人亲自跟埃伯哈特说，在孩子小的时候就要让他习惯集体生活是如何重要，而埃伯哈特不敢违背她的要求。黛安娜和艾尔菲现在也很少在家。除上学以外，她们还要参加"德国少女联盟"（B.D.M.）的各种课程、活动和野营。实际上，埃伯哈特太太也很难有时间和孩子们在一起。她一周好几个白天和晚上要参加"国家社会主义妇女联盟"的活动，而后来她又被"委派"到金属加工厂当一个粗工。

这些年埃伯哈特很难再提到他的"私人领地"了。实际上他已经没有什么私人领地了，一切都要让位给元首和他的随从们的命令。就在他的住宅附近建起了集中营的木制监房，透过他家的落地窗看出去的风景已经不那么赏心悦目了。虽然他们说对付国家的敌人一定要用最严厉的手段，但是那些丑陋的大房子还是让人觉得是这个时代令人哀伤的象征。

"不要让小汉内斯自己一个人在房子前面玩吧，"埃伯哈特对妻子说，"自从他们建了集中营，各类不三不四的人越来越多了。"

埃伯哈特太太点点头。她完全不明白丈夫说的"不三不四的人"是指谁。囚犯们都被关在里面，而身穿制服的守卫们似乎不能被称作"不三不四的人"。

"我会看好他的。"她说，"但是以后别再叫他小汉内斯了。他的名字是汉内斯·阿道夫。我们老是叫他小汉内斯，好像又给他起了个小名，别的小孩也嘲笑他是妈妈的小宝贝儿，要不就是养在笼子里的小金丝雀，而不是一个将来要成为帝国战士的男子汉的名字。"

1938年的夏天带来了他在职业生涯中第一件不愉快的事。德国艺术日一直以来都是个大日子，庆典的高潮是由元首本人发表关于艺术的演讲。他的演讲刊登在德国所有报纸的头条位置上，《导报》当然也不例外。文学编辑的职责是要写一篇对演说的介绍和评论，说明元首的演说如何具有划时代的意义。

不用说，元首的演说必须全文照登，不能有任何删减和编辑。元首说的话就是最神圣的。尽管作为编辑和短篇小说作家的埃伯哈特并非一流的文体风格大师和德国语言大师，但仍然不免在元首演说中随处可见的重大语法错误面前眉头紧蹙。每当元首的讲话稿出现在案头，他手中的红铅笔就似乎要自己动起来。就在他正坐在那儿琢磨着如何下笔，应该用什么形容词来赞美的时候，他的铅笔几乎不知不觉中在所有错误的句子、所有用错了地方的比喻和暗喻之处画了下横线。之后他数了一下，整篇演说有三十三处重大的语法和文体错误。ⁱ

埃伯哈特，手里拿着红铅笔，忍不住笑出声来。"三十三条错误——不及格！"他在最后一句话的后面写下了分数。光是这最后一句话就有两处错误。

主编没有敲门就进来了。埃伯哈特着实吓了一跳。

"写好了吗？"主编问。

埃伯哈特跳起来，快速地用几张报纸盖住了红笔批过的稿子。

"让我看看。"主编察觉到他的下属有些异样，走过来从报纸底下抽出那张稿子。埃伯哈特站在那儿没有动。

"上帝啊！……"主编开始结巴了，"我看你——我的意思是——这就是一个白痴开的玩笑——我只是……"

主编的脸色铁青。

"一个彻头彻尾的、完全出格的白痴玩笑。"主编说。同时，他恨不得用眼神把自己正在发抖的下属碾碎。埃伯哈特真想让地板裂开一条缝把自己吞下去。但是地板没有裂开。

"我有的时候会问自己你这个人脑子是不是正常，"主编

---

i 希特勒关于艺术的演讲（见 1939 年 7 月 17 日《法兰克福报》）中共有三十三处语法错误。

的声音稍微平静了一点，"实际上我经常会问自己这个问题，比如说上次你写了那篇见鬼的什么巴士司机的时候。这样的例子还有，我想你应该不会忘了吧。老兄，你到底图的是什么？"

埃伯哈特仍然站在那儿一言不发。他的上司接着往下说："你还不满足吗？你不觉得现在是你最好的时候吗？你不是已经得到了一份头等的职位吗？你不觉得现在德国发生的一切，至少是几乎一切，都是很了不起的吗？"

埃伯哈特点点头。大口地喘着粗气。

"三十三处错误！"主编挥动着那份底稿，说，"你真了不起啊！发现了三十三处错误。但是这跟你有什么关系？元首就是用他自创的德文写作又怎么样呢？和别人有关系吗？你以后少管闲事，做好你自己的事！"他突然大声叫起来，脑门上暴出了一条难看的青筋。"我现在告诉你，你分内的事并没有做得足够好，别想还这么混下去！"

埃伯哈特自己都觉得吃惊，他居然在此时反守为攻，令他的主编一下子泄了气。

"我说同志，"他开口说道，甚至还带着讨人喜欢的微笑，"我这个愚蠢和不是时候的玩笑至少让我对你的某些观点有了更深的了解，对此我很高兴。必须坦白地告诉你，我对你的怀疑已经不是第一次了。就在不久前，咱们俩一起去参加一个会议——你应该记得的，那天正好是你太太的生日——你说你不用听就知道那个发言的人要说什么,就这么一遍一遍地听同样的话完全是浪费时间。还有一次,我们要登出一篇赞美那个杀害陶尔斐斯[i]的凶手的文章,你说……"

主编的眉毛皱了起来。

"哦,行了行了,忙了一天,你就别提这些了。你知道得很清楚,我的观点永远是和组织上保持一致的嘛。"

"我也是,"埃伯哈特说,"我的观点也一样,我的同志。而且我确信,你并不会因为那几处用红铅笔做的记号就当真要与组织作对。"

他不动声色地从主编手里拿回那份稿子,撕得粉碎后丢进了废纸篓。

"请你给我再拿一份稿子,"他说,"五分钟以后我就把评论送到排版车间。"

主编出去给他又拿来一份。

"很好。五分钟以后。"

主编出去了。

只有此时,当房间里又剩下他一个人的时候,他才觉得浑身发抖,额头上满是汗珠。真悬啊,太他妈的危险了。他知道虽然这一关勉强过去了,但从今往后他肯定被死死地盯住了。这次多亏了自己的冷静,但是就因为这个冷静,主编会特别恨

---

i 1932年5月任奥地利总理,反对德国吞并奥地利。1934年7月被奥地利纳粹分子绑架并杀害。——译者注

我。他就算不再追究这次发生的事，也不会轻易化解因为我的冷静而引起的仇恨。他埃伯哈特居然敢去提醒他的头儿自己手里有他致命的把柄，而且还威胁要告发他。头儿是绝不会原谅他的。不管他这次表现得多么冷静和机智，这件事最终会毁了他。

一年以后，这位《导报》的文学编辑还是被解职了。自从"三十三个错误"发生以来，他一直保持最大程度的谨小慎微。他避免做出任何会引发哪怕是一点点争议的事情，不让他的对手以此作为解除他职务的借口。就算最令人无法容忍的文字摆在眼前，他也不会失去理智，而是小心翼翼地不越雷池半步，更不会自己冒险写出类似巴士司机那样露骨地批评元首的文章。他的解职信写道："教育和宣传部认为应该立即解除党员汉内斯·戈特佛里德·埃伯哈特的职务。"而主编则表示他本人对此"深表遗憾"。

埃伯哈特感到了一种奇特的轻松。这是他"在职"的最后一天。他再也不用为元首的演说写介绍，也不用写文章宣扬德国需要更多的"生存空间"了。他搜肠刮肚地回忆自己是否犯过什么严重的过错，最终确认完全没有。于是，他去找了主编，后者见到他时脸上带着胜利者的微笑。

"我真的太遗憾了，同志。"主编说，"但是那篇关于南蒂罗尔州（意大利北部说德语的自治省，曾发起脱离意大利和奥地利合并的运动）的文章实在是说不过去。一定是某个人把你那篇迷人的文章送到部里去了。不是我夸口,部里一直很关注咱们《导报》。"

"南蒂罗尔?"埃伯哈特问道,"但那篇文章我是完全按照官方口径写的啊。"

主编耸了耸肩。

"就是这么倒霉,"他说,"你写文章的时候确实完全按照官方口径,但是在文章发表的时候却是完全违背了官方口径。因为在这段时间,官方对南蒂罗尔的态度发生了一百八十度的转变。你应该有印象啊,同志。我们就在你的文章发表前不久得到了新的指示。你不记得了吗?"

埃伯哈特当然不记得。但是他突然明白了,主编故意没有给他看新的指示。他耐心地,顽强地等待了十一个月,终于等到了这个机会。他看了埃伯哈特写的关于南蒂罗尔的文章,文章称南蒂罗尔是"德国文化最古老的地区",而南蒂罗尔的德意志人是"他们古老祖国永远不可分割的一部分"。"政治的边界有什么重要?两个地区使用不同的货币,有不同的政府有什么重要?他们有着同样的血统和语言,有来自不朽的德意志的传统和思维方式,其他的区别就永远没那么重要。让我们伟大的友好的南方邻居伸出双手保护南蒂罗尔。他们耕耘的土地属于他们自己,他们的根深深地植入于此,他们的生命会得到护佑。"

写这种句子连他自己都觉得恶心,于是他又在文章里加上他最擅长的对自然风光的描写。他把整篇文章看成是一篇国家社会主义的范文，只是正巧在意识形态上无懈可击。然而刊出的时间拖后了。整篇文章有六栏，所以必须等版面。正是在这段时间，上面的口径变了，而埃伯哈特没有注意到，于是文章在错误的时机刊出了。不用问是谁让教育部注意到这篇文章，看一眼主编那张脸就知道谁是那"某个人"。

虽然埃伯哈特感到的是巨大的解脱，但还是忍不住说："一定是我疏忽了。但这是怎么回事呢？他们不再重视我们在南蒂罗尔的兄弟了？要放弃这一块生存空间了吗？你不觉得奇怪吗？"

主编不耐烦地用铅笔敲着桌子。"这跟我们无关，同志。'除非另有通知，必须严格避免有关南蒂罗尔话题。'这就是上面的指示，没有任何其他内容，而你违反了命令。"

他又敲了一下桌子，表示谈话结束了，然后埋头看他的文件。就这样，埃伯哈特被解职了。

狩猎散文诗人汉内斯·戈特佛里德·埃伯哈特在《导报》当了六年文学编辑。六年来，他所做的就是唯命是从，并为此获得一份相当丰厚的报酬。他住在城外的小别墅里，不事声张地生活着，用了三年的时间就攒了一万五千马克。他自己也说不清为什么他没有把钱存在银行里，而是投资于名画和旧的挂毯。后来在 1937 年，他经过政府批准，把这些东西运到了英国。官方的评估师给他的这笔小收藏评出一个离奇的高价，所以他不得不支付一大笔出口税。随后这些东西在专门机构的监督下被打包然后运往国外。很多纳粹官员都在国外有资产，有些甚至有未经批准的银行账号。不管怎么说，埃伯哈特也算是纳粹党中级别比较高的一员。

当知道这批收藏已经安全运到英国后，埃伯哈特去了本市的美国领事馆。他备齐了所有资料，向领事馆申请移民，并且在一年后拿到了移民签证。整个过程他都对外保密，包括他的太太。他对自己说：有备无患。一本带签证的护照就像一个护身符。虽然如此，真的移民到国外这件事他从未认真考虑过。虽然可怕的事情有可能发生，但他还是德国人，一个诗人，一个德国城市的市民。对他而言，外面的世界即使不是敌意的也是非常陌生的。他怎么可能离开自己的国家去当难民呢？

即使被报社开除，而且下一步可能被开除出党，他仍然没有想到那本护身符。和过去一样，他继续坐在家里写关于动物的散文。埃伯哈特太太还是去金属车间做工，而他知道自己早晚也会被招到某个地方做类似的工作。他觉得这并不算最坏的，起码好过每天坐在编辑部里向魔鬼出卖自己的灵魂。"为了祖国而干活"现在看来比每天写那些违心的东西更好忍受。

这些年里他对犹太人的态度也渐渐改变了。他不再相信他们作为一个群族是"破坏性的"和"腐朽的"。现在他觉得对他们的指控是不公正的和不体面的。指控他们的人采用的是双重标准。他最无法忍受的是看到那些就在自己房子前面的草地上干活的集中营里的囚犯。他们中间有犹太人、天主教徒、共产党人、民主党人，还有其他各种人。埃伯哈特心里觉得他们都是无辜的，都和自己被报社突然开除一样的无辜。

这些瘦弱的人弯腰曲背地在他面前干活，手里拿着镐头和铲子。他们永远被全副武装的警卫监视着。那些警卫三三两两悠闲地坐着，一边喝酒一边说笑。有时某个囚犯干活不够快，或者铁锹装得不够满，或者哪怕是停下来喘一口气，就会被在后面突然踢一脚或在脸上挨几拳。埃伯哈特坐在那儿根本无心写作。他要写的是关于动物的优美词句，而他面前的这些人所受的对待还不如动物。他生气地把稿纸揉成一个团，突然意识到他给自己文章中的主人公，一个猎人，赋予了一种可笑的，完全不合时宜的对自己猎物的怜悯。"这样不行。"他大声说，站起来走了出去。

他招呼一个冲锋队员过来，那个人很听话地过来了。

"我不想看到你的人殴打那些囚犯。你们这样做影响了我的工作。如果你们一定要如此，最好在房子里面或者什么隐蔽一些的地方。你们在光天化日之下干这个，不光我能看到，别的什么人也可能看到，而那些人可能把这些事传到国外去。上面肯定不愿意让国外对我们的负面宣传得到更多素材。"

那个冲锋队员安静地听着。

"我会向上级反映的，虽然我觉得没什么用。对于我个人而言，我是尽量不去虐待囚犯的。如果我的同志们不愿意这么做，那是他们自己的事。上面从来没有反对过虐待囚犯。实际上，他们说过对待囚犯要'毫不留情'。无论如何，我会向上级报告你的投诉，别的事我就做不了了。"

他的"投诉"没有起到任何作用。日子一天天过去，他们对囚犯的折磨愈发残忍。他向一个老朋友抱怨说，在他眼皮底下发生的事让他无法集中精力工作，也无法好好休息。这个老朋友就是上次在小汉内斯生日聚会上险些因说话捅出娄子的那个画家。

几天以后他被捕了。

他在本市的监狱度过了六个星期，这是他这辈子最长的六个星期。他的太太每周获准来看他一次，每次可以带一个小孩。这样黛安娜、艾尔菲和小汉内斯轮流着来。每次会面的时间是四十五分钟。因为有看守在旁边，每次见面他们也说不了什么，每一个人，除了小汉内斯，在见面的时候都非常沮丧和尴尬。小汉内斯太小了，不懂事情的严重性。埃伯哈特最想看到的就是自己这个七岁的小儿子。

"小汉内斯！"他一遍一遍地叫着他，轻轻抚弄他的金色头发，"小汉内斯！你又长大了，你是个小巨人！"

小汉内斯在监狱里东张西望，一点也没有不自在。

"这地方真恶心！"他大声发出小男孩的高音，"你肯定不愿意待在这儿，对不对？"

埃伯哈特说这地方没那么坏。他最想知道的是他为什么被关在这儿，但是这个话题是不能讨论的。埃伯哈特太太对丈夫无声的提问摇摇头。不，她不知道他为什么被关到这儿。

最让他难受的就是想到揭发他的人一定是他的那位画家朋友。关于集中营里发生的事，他从来没有和任何其他人讲过。南蒂罗尔的事已经过去太久了，除了对集中营的事说的那些话，再没有什么事会让他进监狱。埃伯哈特暗自希望他们快些审判他，这样他就可以知道他被捕的原因，而最难受的莫过于现在这样每天胡思乱想。

他终于出庭受审了。他很走运，而他的运气全都来自那个接受他投诉的冲锋队员。非常偶然的，这名冲锋队员知道向他投诉的那位作家被捕了，他立即去找了集中营的指挥官，然后又去了国家警察局。他证明埃伯哈特先生没有任何恶意，投诉集中营对待囚犯的方式是为了避免国外反德国的宣传找到口实。这位冲锋队员由此得出结论说，埃伯哈特对画家说的话也不会是为了反对国家。他认为也许只需要给埃伯哈特先生一个普通的审判就可以了。

国家警察局同意了，埃伯哈特可以准备为自己辩护。

他发现当着他的画家朋友的面很难说话。画家是作为控方证人出庭的，他的声音嘶哑而粗粝，始终不敢直视他所指控的被告。一个问题一直在啃噬着埃伯哈特：他到底为什么这样做？他并不恨他，只是觉得很悲哀。这个年代可以让一个人堕落得如此之深。

冲锋队员做了完美而独特的辩护发言，发言的简洁和质朴彻底征服了法官。

"法官大人，我相信被告毫无恶意。他是一个作家，一个爱国者，我也相信他是一个好人……"他结束发言时声音很低，像是自言自语，但恰恰是这一点起到了作用。埃伯哈特被判无罪，并于当天释放。

"不玩儿了。"用护照里的那张护身符，离开这里去过另外一种日子。这个决定是什么时候做出的？埃伯哈特自己也说不清楚。但这个决定应该不会是在监狱里做出的，因为他在里面的时候从未想过有朝一日还能恢复自由。纳粹的恐怖之轮能把一切碾为齑粉。一旦陷入其中，很难再有什么希望。

但是当他和妻子孩子坐在车里驶过我们这座城市的街道时，他心里很清楚这一切都过去了。他要走了，可能再也回不来了。前面是老集市广场和那座熟悉的骑士塑像，然后是狭窄的贝尔街，接下来是宽阔漂亮的林荫道，先通过火车站，然后通往郊外。他看着这些，好像在和老朋友告别。夏天带有山里气息的空气像是在梦中一样不真实。他自己的房子，落地窗前的写字台，卧室里两张并排放着的窄床都好像不再是他的。只有孩子们是属于他的，还有他那已经越来越消瘦和疲倦的太太。每次偷偷看她一眼，他的心都会抽紧。

他以为出国已经没有什么障碍了，但事实证明他又错了。问卷、表格、规定、禁令，埃伯哈特陷入了一场无休止的与魔鬼共舞。

第一道障碍是兵役义务。埃伯哈特是处在征兵年龄的雅利安德国人，这样的人不准许移民。埃伯哈特于是报告说，他妻子的一个叔叔是住在美国的一个美德协会的成员，一直不懈地为第三帝国做宣传。正是这个叔叔希望埃伯哈特一家移民美国，因为他急需一个刚从德国来的能干的助手来打破在美国流传的不利于新时代德国的谣言。一位秘密警察的高层官员认为这个理由非常充分，特别是当埃伯哈特签署了一份文件以后。这份文件说"由于偿还债务的需要"他把自己的房子和汽车转让给了这个官员。

前面还有多少个章要盖，多少份申请要写，多少个关口要过！最可怕的是税务，如果国家没有百分之百的满意，埃伯哈特就拿不到这最后一个章。其实整件事在他看来非常简单，他要做的就是把自己所有的财产变卖。他卖得不多，一共一万两千马克，当然不用说这笔钱一分不剩地交了出去。但是让他万万没想到的是，某天早上海关的首席督察员巴特尔没有事先通知就来到了他的家。

这位高官看上去情绪很好。

"这么说你打算离开我们了，同志？"他开门见山地说，"都准备好了？行李托运许可证拿到了？"

埃伯哈特正在看一本画册。小汉内斯趴在他腿上玩。

"据我所知已经都准备好了。"他小心翼翼地回答,"但是这周我已经去了五次警察局,不知为什么就是拿不回我的护照。一开始他们说找不到了,昨天又说我的护照在柏林!"

"你的护照就在我这儿!"首席海关检查员说,一面用手拍拍他右边的上衣口袋,"但这边,在我左边的上衣口袋里,装着另一份文件。你要是不介意,把这个小家伙先送到外面去,咱们可以好好谈谈。"

"去外面玩一会儿,小汉内斯。"小家伙跑出去了。

"你在英国有一些收藏是吗?一些画和挂毯?"

埃伯哈特愣了一下。"是的,当然。你不记得你对那些东西做了评估,而我已经全数交过税了?"

检查员友好地笑了。"我当然记得。你把那些东西卖了吗?"

"没有。我为什么要卖呢?东西都在伦敦的一个保险箱里。"

检查员看看他的笔记本:"我们当初的评估是两万两千马克。如果你现在在英国卖掉它们,应该至少可以拿到一千五百英镑,我的意思是就算你不那么在意的话。"

"你想让我寄给你们多少钱?"埃伯哈特问道。他心里已经准备把这笔钱都寄回来,只要能拿到自己的护照。

"寄回来?同志,谁在和你谈什么寄回来?你必须现在就把这笔钱交出来，否则就别想走。明白吗！"

埃伯哈特的脸一下子变白了。

"但是这根本做不到！"他大声说，"你让我怎么能做到？我在英国谁都不认识。而且那些画和挂毯也不值那么多钱。为什么你们——我是说我们——要这样高估它们的价格？我根本不可能凭这笔收藏拿到一千五百英镑。"

巴特尔先生捋着他的短胡须，他阴沉的声音充满了这间屋子。

"一千五百英镑。一分钱都不能少。"

埃伯哈特知道这不可能，于是尽量装出轻松的样子说："先生，我有个提议，我想您一定能接受。我把那些东西从英国运回来。我马上给我的银行打电话，一两天之内东西就可以运回来，我就可以走了。"

检查员脸上透出轻蔑和带有一丝怜悯的微笑。

"埃伯哈特先生，我们不要你的画。我们只要一千五百英镑现钞。明白吗？"

"如果我拿不到这笔钱呢？"埃伯哈特觉得自己的血往上涌。

检查员耸了耸肩。

"我已经跟你说过了，"他说得很慢，加重每一个音节，"我这儿不只有你的护照，还有另一份文件。非常坦率地告诉你，是一份逮捕你的命令。如果你非要让我行使我的权力，那可就太遗憾了。"

房子和检查员先生的身影在埃伯哈特眼前翻转起来。

"一千五百英镑,一千五百英镑。"他小声地嘟囔着,"你给我多少时间?"

检查员站起身来,脸上露出刚签订完一份公平合同似的满意微笑。

"一个星期。整整一个星期。祝你好运,再见。"

一个星期以后,埃伯哈特做到了不可能做到的事。他本来赖以开始一个新的生活的收藏品,那些画和挂毯,在伦敦卖掉了,一共卖了九百英镑,全数存进了在伦敦一家德国银行里开设的德国海关伦敦办事处的账号。还剩的六百英镑是从他在伦敦唯一的熟人那里拿到的。这个人在共和时期曾在本城有一个办事处,埃伯哈特给他打电话时心里并没有抱什么希望。

"这关乎我的生死,"他和这位熟人说,"我的生死和我的孩子们的生死。"

这位英国商人犹豫了一下,然后给出了肯定的答复。他把剩下的六百英镑存入了纳粹在伦敦的账户,同时通知了德国海关。

埃伯哈特得救了。巴特尔检查员从心底里祝他好运。

"你看,我说过的。"他显得很大度地说,"只有想不到,没有做不到。"他把护照拿出来交给了瑟瑟发抖的作家,好像在授予他一枚军功勋章。

但事情并没有结束。他还要去盖那些要命的章。

"现在，现在，"检查员的善意溢于言表，"剩下的就是走形式了。你需要的只是去找对那些部门，让他们看你的文件，你的章就会一个一个盖上去。"

埃伯哈特开始跑"部"前进。一共有九个窗口，对应所需要的九个章。其中八个都没有问题，但是第九个窗口的官员有疑问。

"你最后一次交水费的单子怎么没有呢? 你还欠两马克二十芬尼水费。你的文件里没有这张收据。"

埃伯哈特又感到血往头上涌，似乎要涨破皮肤。他嘶哑着声音小声说:"我不知道为什么，反正几个星期前我就把收据送来了。不管了吧，现在给你两马克二十芬尼，马上把护照还给我。"

"我亲爱的先生，没有那么简单。我们必须查清楚这件事。很可能你已经付过钱了，那样我们就不能再收你的钱，但是必须得找到那张收据。但是如果你没付这笔钱，那就显然是你的疏忽，而我们就要采取相应的行动。这需要一点时间，一个星期以后再来吧。"

"够了!"埃伯哈特突然咆哮道，他最后的自我控制力消失了。他的眼前跳动着红的和绿的火星，一只手抓着窗台让自己不要跌在地上。"太过分了! 他们拿走了我的一切! 我的房子，我的汽车,我的所有的钱,我的生活,我的尊严,我的家乡,我的一切!一切!我现在已经欠了一个在外国的陌生人的钱。这都是因为你们,你们这些掌管着德国的疯子,你们还掌管着每一个人,也包括你,你这个坐在窗口后面的人。你现在为了我已经交过的两马克二十芬尼难为我,因为你找不到收据——我告诉你,我受够了!"他尖叫着,手在空中挥动着。"还给我护照,马上还给我!你听见了吗?"

与此同时他脑子里想的是:"完了,一切都完了!死定了!我被诅咒了,必死无疑。"但同时他好像觉得轻松了一些,好像卸掉了灵魂里的重担。

他周围的人,那些在其他窗口排队的人,都被吓呆了。有几个人看着他,但多数人装着什么也没发生。那些办事的官员也都静静地继续他们的工作。但他对面的这个找不到收据的官员从窗口里把埃伯哈特的护照递出来给了他。后者的脑子还在晕眩中,接过褐色封面的护照,眼前的东西都有双影,但还是看到了那个意味着一切的章,意味着结束和开始。然后他发现自己已经站在了大街上,但完全不记得是怎么走出来的。

当他走进家门的时候他的太太吓了一跳。他的脸色空洞而恍惚,两眼露出凶光,好像一个上午掉了十几磅重。他进屋收拾最后的一点杂物,身体似乎很难站稳。接着他给轮船公司和航空公司打电话,电话那头的人无一例外地开始非常复杂的说明和解释。这时埃伯哈特用手半遮着话筒，低声和太太说："我们应该一开始就像疯子一样地大喊大叫。现在也不晚。"

"您说什么？你再说一遍？"电话那头的人在问，"没事，没问题了。就头等舱吧。"

最难的时候熬过去了，看起来埃伯哈特开始顺风顺水了。1939 年 8 月 24 日那天，他像疯子一样从窗口要回他的护照，而 8 月 28 日他们全家将乘飞机到伦敦。几天后就会有一艘轮船起航，他在船上定了两个船舱。太太和两个女儿用一间，他和儿子用一间，但这间还要住进来轮船公司分配的其他乘客。

1938 年 8 月的最后几天，一种深深的不安攫住了我们的城市。埃伯哈特觉得似乎所有的居民都在以一种友好和同情的方式为自己的流亡做着精神上的准备。

人们在街上相互询问："怎么，我们要走了吗？"

埃伯哈特太太出门了，想为小汉内斯买一件大衣。她对自己说：我们当然是要走了。就在四十八小时之内，我们就要去一个好一些的地方。她很清楚，城里人普遍的焦虑并不是针对她和她的家人的。空气中弥漫着一种未知的和死亡的气息，如果留下来的人将面对一场不是征服就是死亡的战争，那么将要离去的埃伯哈特一家就真的能幸免吗？

这几天埃伯哈特太太没怎么关心时事。她几乎没时间看一眼《导报》，也没有心情打开收音机收听反复播放的夹杂着音乐的新闻。德国和苏俄已经签订了《互不侵犯条约》,埃伯哈特认为元首走到这一步就意味着彻底撕破脸,完全不管自己以前所有发出过的信誓旦旦的诺言。英国和法国当然"吓破了胆",而当第三帝国的军队如所有人预料的那样开进波兰的时候只能听之任之。

"我根本不相信会打仗。"埃伯哈特如是说。这说明他一心想尽早离开这个国家的主要动力远远不是因为害怕即将爆发并将摧毁一切的战争,而是自从首席海关检查员出现在他家的那天早上以来就一直缠绕着他的一个模糊的噩梦。

但城里大多数居民并不认同埃伯哈特对时局的看法。他们都在战争前夜陷入了深深的恐慌,因为看起来没有任何事是能够确定的。再加上他们弄不明白谁是造成这一切的罪魁祸首,于是这恐慌就愈发令人无法忍受。是英国和法国吗?没错,这两个国家包围了德国,他们要把我们饿死,就像在上一次伟大的战争中那样。他们贪婪成性,睚眦必报,唯利是图,他们是我们永远的敌人。但是这些敌人进攻我们了吗?不是一切都取决于我们能不能和波兰达成一个友好协议吗?我们一定要得到但泽[i]吗?但泽对我们那么重要吗?那条走廊[ii]有什

---

i 今天的波兰港口城市格但斯克及周边地区。第一次世界大战结束后根据《凡尔赛条约》该地区建立了独立于德国的自由市,受国际联盟保护。第二次世界大战爆发的第二天纳粹德国收复了但泽。——译者注
ii 指但泽走廊。——译者注

么意义？什么意义也没有！人们希望自己的元首不会因为对这片遥远的领土过于热心而不惜发动一场战争。

一场只针对波兰的战争确实能够取得快速和低成本的胜利。另一方面，我们的市民们长期被告知苏联像人类的瘟疫一样恐怖，而现在他们不得不佩服自己的政府灵活的政治艺术，因为这个政府可以在一瞬间把昔日的红色敌人变成今日驯服与友好的朋友。但是和埃伯哈特的看法不同，他们认为英国和法国会愚蠢且老派地坚守它们对波兰的承诺，它们是那种死抱着已经过时信念的民主国家。我们当然比英国和法国强大，因为我们有意大利和苏联作为盟友，而且我们有专制体制。但是这并不能改变什么，他们还是要饿死我们。说到底，如果我们的儿子和父亲在战场上被杀，小孩子们会被饿死，我们的胜利又有什么用处呢？

元首确实一次又一次地郑重承诺不会发动战争。他有自己独到的、二十世纪最伟大的创造，就是在不发动战争的前提下获得新的领土。我们目睹了足够多的这类"不流血的胜利"，本来可以对他的创造深信不疑。但报纸上每天都在发出各种威胁，宣泄疯狂的愤怒：成百上千"德国血统的弟兄们"在波兰被折磨和屠杀。不管有没有这回事，这样的消息印在报纸上四处传播本身就是一个坏兆头。至于捷克人，他们肯定在苏台德地区对我们的兄弟们做了同样的事。之所以迄今为止没有酿成战争是因为英国人抛弃了他们，没有给他们任何承诺，因此到最后他们只好认怂。

　　战争动员还在继续。很多人上了朝东开的火车。那些穿制服的在大街上齐步走过。制造商胡贝尔先生是一位预备役军官。他身穿制服，胸前戴一枚一级铁十字勋章，正在对他的装配线工人们发表演说，动员他们响应国家号召做出伟大的牺牲。他声嘶力竭的演说换来的是冰冷的沉寂。当他结束演说时，响起了德国纳粹党党歌《霍斯特·威塞尔之歌》，但这位制造商发现底下有相当多的人并不跟着唱。一位工长紧闭双唇，似乎在竭力保守一个秘密。他是最近从农村来的，并且和很多人一样，曾经在监狱里待过一阵子，尽管他看上去完完全全是一个勤快和诚实的小伙子。所有围在他身边的工人都不唱。他们低着头，好像迎着风雪。胡贝尔先生暗忖：这些家伙是危险分子，应该有人盯着他们。可是他又反应过来：这不干我的事，而且如果政府遇到什么麻烦也不干我的事。我看他们会有麻烦，而且麻烦才刚刚开始。说到底，他觉得自己像被敌人囚禁在一个船上的囚犯，很乐意看到这艘船沉掉，只要自己不跟着一起沉就行。他正想着，歌声不知什么时候已经没有了，下面的人也散了。

　　市医院像一口热锅，舍巴赫医生忙得团团转。征兵体检没完没了，病房人满为患。列车出轨和相撞的事故次数直线上升，而城里由于停电造成的事故数量也大大增加。全国范围的动员和备战造成了这一切。法学教授哈伯曼在一次停电中从楼梯上头朝下跌了下来，大腿骨折，现在正躺在莫克斯太太死去时所在的 118 号病房。

莫克斯太太的儿子弗雷德尔现在在医院工作。舍巴赫医生一开始安排他担任救护车上的担架员，后来又安排他做自己的助手。弗雷德尔跟着医生查房，负责传递剪刀、钳子、绷带这些东西。他很灵巧，安静，有条不紊，让病人觉得可靠。舍巴赫觉得自己可以依靠他，就像他是亲生儿子一样。

"我不会让他们送你去前线，"他说，"我要自己征用你。这里绝对不能没有你。"

事实上医生已经不能想象没有这个男孩在自己身边会是什么样子。如果没有他我又会觉得自己脏兮兮的，身上发黏，好像没有洗干净。想到这里，医生的眼睛停留在男孩的脸上。他的脸颊仍然是下陷的，表情也很紧张，但已经不像以前那样愁苦、绝望和愤世嫉俗。

8 月 28 日清早，埃伯哈特一家坐出租车来到集市广场。他们自己的车已经属于前面提到的那位秘密警察的高官。再说他们那辆小车也装不下五个人加上他们的行李。离开家的时候没费什么周折，只有小汉内斯回头看了一眼他出生的地方。"拜拜，我们要走了。"说完这个，他激动地拍着小手，想知道飞机是不是直接从集市广场起飞，后来才知道广场那儿只有去飞机场的巴士，这令他十分失望。

广场上人头攒动。这么多人不可能都是去飞机场的吧？

人群中多数是妇女，很多人挥动着双手激动地在说着什么。埃伯哈特在忙着清点行李的时候，他的太太弄清楚了原委：正在分发食品券、肥皂券和其他各种券。一切东西都要定量供应了。除了要面对新近升级的匮乏，大家都明白，战争就要爆发了。

"我又要把这一切重新经历一遍！"一个老妇人对埃伯哈特太太说道，眼泪流过她的双颊。"这么可怕，这么可怕的经历难道一次还不够吗？"埃伯哈特太太别过脸去。我们现在应该离开吗？在我们的祖国面临危险的时刻？突然间她发现去机场的巴士要开车了，她帮助小汉内斯上了车。孩子们！我们是为了孩子们！为了让他们在和平和自由的地方长大……

飞机飞得出奇的快。孩子们没法相信他们脚下已经是英国的土地。飞机刚刚起飞就降落了。

一家人在伦敦待了三天，没怎么离开那个栖身的小公寓。埃伯哈特想约那位救了他的英国商人见面，但他不让埃伯哈特去他的办公室，甚至不愿意在餐馆见面，而是坚持自己独自来到他们寄宿的地方。

他说："老朋友，不管发生什么事，咱们的交情不会变。一定要当心，在街上一定不要说德语。能早走一天就早走一天。"

埃伯哈特牢记老朋友的忠告。9月1日，全家人上了去利物浦的港口联运火车。

9月1日——德国入侵波兰的那一天——战争爆发的那一天!

车上挤满了士兵和水手。各大报纸的头条都用大号字报道战争的消息。很多人已经在肩膀上斜挎着一个看上去像午餐盒的小方盒子,但是里面装的却是防毒面具。很多建筑物的正面堆起了沙袋,伦敦和其他大城市的天空上布满了防空气球。

人们都很安静。

埃伯哈特警告他的家人:不许说一个德国字。孩子们不会说别的语言,埃伯哈特太太只会说很少几句英语,所以旅途中大家只好不讲话,只是在看周围发生了什么,听着周围的人讲话。埃伯哈特看得很清楚——英国人会决一死战。他们会狠狠地打,毫不犹豫。但是他们的决心并没有那种疯狂的爱国主义的成分,他们并没有让自己陷入对敌对国的盲目的仇恨。埃伯哈特甚至觉得他可以和家人说德语。一个穿着整洁的皇家海军制服的年轻人脾气很好,用友好和安静的眼神看了他们一眼。他们并不针对所有的德国人,只针对那些把他们拖入战争的德国人。他们不得不变得毫不留情。这件事现在必须了结,一劳永逸地了结。用和平的方式已经尝试了足够长的时间,但没有结果。现在机会已经消失了,人人都知道,机会消失了。

利物浦所有的酒店都人满为患。埃伯哈特费了好大的力气才弄到一间有两张床的房间。两个女儿和妈妈挤在一张床上。小汉内斯经过长途旅行的劳累和被迫禁言，现在对刚刚经历过的和无法了解的一切感到特别兴奋。他躺在父亲身边说个不停。

"他们会投炸弹吗? 那咱们就得进地下室吧? 船上有地下室吗? 谁会投炸弹? 是英国还是德国? 英国人会对咱们开枪吗? 美国也在打仗吗? "

他根本不等父亲的回答，只是一股脑地讲述这几天看到和经历过的令人不解的事情，好像其他人没有和他一起看到似的。

"我看到那么多水手……"他睁大着眼睛给他们讲，"但是他们不唱歌，也不敲鼓，我还以为他们都死了呢……"

埃伯哈特轻轻地伸出手盖住儿子的眼睛。他的手那么大，把儿子的小脸都盖住了。孩子又念叨了一会儿，然后叹了口气，翻了一个身，睡着了。

孩子们觉得这艘船真大啊! 比他们以前看到过的任何东西都要大。

小汉内斯念叨着："它比房子还大，比城堡还大，比集中营的牢房还大。"但是分给埃伯哈特一家的两个房间非常小，而且互相隔得很远。第一天晚上小汉内斯就走丢了，他吓得号啕大哭，最后一个服务员把他领回了爸爸的房间。餐厅里有音乐和丰盛的食物。只要认识字，谁都可以在那个巨大的菜单上找到自己爱吃的东西。小汉内斯要了一大堆吃的，有点吃不动了。在他面前放着四种口味的冰激凌，他也已经学会了对侍者用英语说"谢谢"。

在埃伯哈特的房间里还有一个年轻人，后来知道他是个美国人。小汉内斯立即就告诉这个陌生人他自己是从哪儿来的，结果那个年轻人居然去过这个城市，就住在帝国饭店。他还在一个"贝尔街附近"的酒馆喝过一杯烈性酒。小汉内斯很高兴这个新发现。美国人对埃伯哈特说："我还是觉得战争有可能避免。德国人并不希望打仗，这是我去年在那儿的时候得出的印象。如果世界上没有人想要战争，那为什么会有战争呢？"

那天晚上并不安宁，连孩子们都没有睡好。第二天似乎过得很漫长，因为似乎没有什么事会发生，而且那艘船好像在广阔无垠的大海上一直静止不动。

女孩子们一直在客厅玩圆盘游戏，现在已经玩腻了。小汉内斯毫无缘由地哭着。孩子们七点钟就被送上床了。埃伯哈特太太在女儿们的床边坐了一会儿，而埃伯哈特走上甲板准备去抽支烟。他看到那个年轻的美国人正倚着栏杆站着。他告诉埃伯哈特他刚从自己的小收音机里听到英国和法国已经对德国宣战了。

"我猜到了。"埃伯哈特说。

就在这时，发生了巨大的爆炸。似乎整个轮船连同所有的乘客都在震耳欲聋的金属撞击声中化作了无数碎片。几乎在爆炸的同时传来了伤者和陷入极度惊恐的人们的哭叫声。埃伯哈特和美国人被抛到甲板上。美国人被一根倒下的柱子砸中，血从他的嘴里流出来。甲板的另一侧有很多身体在扭动，看上去像一只只受伤的野兽。其中一些人在艰难地爬行，另一些则静止不动地趴在他们跌倒的地方，已经了无生气。

埃伯哈特摇摇晃晃地站起来，还没完全意识到发生了什么，就被第二次爆炸抛到吸烟室的窗子前。他的双手抓着吸烟室地板上的地毯，下半身动弹不得。一根穿过吸烟室窗户的柱子把他牢牢地压在底下。埃伯哈特心中默念着：我的妻子，我的孩子们，小汉内斯。接下来他用尽全力，居然挣脱了。

第三次爆炸和前两次不同，似乎在上面什么地方。埃伯哈特冲下 C 层，像疯子一样穿过满地碎片、浓烟和尖叫着流着血的人们。

小汉内斯没有受伤，正在他的床上号啕大哭。

"爸爸！"他看到爸爸了，"我被打雷吓坏了。咱们被闪电击中了吗？"

他念叨了无数次的"炸弹"真的落下来了，可是他却不能想象这么可怕的杀戮是出自人类的手。父亲一把从床上抱起孩子，给他裹上毯子和大衣，又从架子上抓了两件救生衣，然后冲出房间。

通向船舱另一侧的通道已经关闭了,而埃伯哈特太太和女儿的房间就在另一侧。"也许只在这边有爆炸,也许在第一次,或第二次爆炸后她们已经到了安全的地方!"埃伯哈特对小汉内斯说,但可能更多是对自己说。

他冲向舱口的扶梯然后爬上甲板。这里的景象比几分钟之前更恐怖。但是,已经开始有了紧张但并不混乱的行动。救生船正在吊下,高级船员正在用清楚和冷静的声音发布着指令,妇女和儿童被集合在一起,被迫和她们的丈夫和父亲分开。埃伯哈特抱着还在哭泣着的孩子在甲板上跌跌撞撞地走着,大声叫着妻子和女儿们的名字。但是他的声音完全被其他人的叫喊淹没了。此时他注意到,最后一只救生船已经要往下吊了。吊车正在缓慢地降下船体,同时试图保持船体的平衡。船上的人拥挤地站立着。天快黑了,而黑暗更加剧了恐怖。埃伯哈特扫视着那些在最后一只救生船上的人。船上的女人多男人少,但他看不到自己的妻子。

救生船已经满员了。这时船上的乘客中突然出现一阵骚乱。一位站在船舷靠近埃伯哈特一侧的老年妇女拼命地挥着手,大声重复着几句话。但是她所用的语言埃伯哈特听不懂。是俄语吗?还是捷克语?但他并没有觉得她要表达的意思和自己有任何关系。只有一件事是肯定的,就是这位老妇人要从救生船上下来。一个留在甲板上的水手帮助她下来了,虽然这样做很危险。这位老妇人的脚刚一站到甲板上就朝着埃伯哈特冲过来，用力拉着他的袖子，表示他应该代替她上船。这时她指着小汉内斯，突然说出几句英语，听上去像是"小孩子——一定不能死——快——快！"在这一瞬间埃伯哈特犹豫不决，但那个老妇人愤怒地扯着他的袖子不放，像一个大街上强行索要的乞丐。此时救生船一秒钟都不能再等了，埃伯哈特终于抱着孩子爬了上去。当船吊下去的时候，埃伯哈特回头看到老妇人靠着栏杆站着，双手交叉抱在胸前，宽阔的脸上表情平静，如释重负。

父亲的手臂最终失去了知觉，他只好把小汉内斯放下来。孩子蜷缩在他的脚下。周围的乘客尽管自己心烦意乱，但都小心地避免踩到他。埃伯哈特感到小汉内斯的胳膊抱着自己的膝盖。一股温暖和柔和的热流从他心底涌上来。

浪涛汹涌，救生船不断地被抛到浪峰和谷底。一个水手被巨浪扫出船外，几分钟以后一个站在埃伯哈特身边的妇女又被一个浪头卷走。过了多少个小时了？黑夜似乎漫无尽头。绝望之下，救生船的乘客开始祈祷结局早点到来——任何结局。比起这无边无际的恐惧，人们甚至更愿意选择死亡。埃伯哈特不想死，脚下蜷缩着的孩子的温度制止了他对死亡的向往。但是如果他的妻子和两个女儿都死了，他还能活下去吗？不知道……他什么也不知道，只知道黑夜寒冷，他的头发着烧，面颊上流淌着咸水。他甚至不知道自己是不是在哭泣。

当天开始发亮的时候，大海平静了一些。埃伯哈特陷入了一种介乎于清醒和梦幻之间的状态。当他向船外看时，他觉得自己在水里看到了人脸。那是他的妻子在朝他微笑。长长的褐色发辫衬托着她可爱的面庞。黛安娜和艾尔菲在她两边从浪里站起来。但是她们俩看上去比他昨天看到时小很多，身上穿着很多年前穿过的漂白的小衣服。接下来更换了场景，好像水中倒映出一座城市——他自己的城市，他能认出那些钟楼和带坡顶的房子。当然它们都是倒立的，那些钟楼和房子。它们不断地摇晃着，颤抖着，好像随时会坍塌和沉没。但那是因为波浪的关系，波浪搅乱了水中的倒影。倒影中的城市似乎一片漆黑，就连集市广场和骑士塑像都被遗弃在黑暗中。

突然间人们骚动起来。埃伯哈特被惊醒，目光从水面上抬起。他周围的人们在惊呼，有的哭，有的笑。

"看呢！看那光！"他们叫着，"那是一艘船！我们得救了！"这时他看到了一艘巨轮昏暗的轮廓，它正驶向他们。

他脚下的小肉团还在沉睡。

"小汉内斯，醒一醒！"他说着，抱起了儿子。

小汉内斯揉着眼睛。

"我们到了吗？"他问。

"是，"父亲回答，"我们到了。"

两百二十三名海难乘客和海员在 1939 年 9 月 4 日清晨被美国蒸汽机船"弗林特"号搭救。他们曾被装到救生船上，紧紧抓着漂浮的孤舟，与寒冷、疲惫和惊涛骇浪进行着无望的搏斗。在过去的八个小时中死神离他们如此之近，直到奇迹突然出现，生命重新向他们招手。他们觉得自己是在经历了地狱之后重回眼前的现实。

埃伯哈特和他的儿子被领进船上的客厅，在那儿他们给小汉内斯准备了一张床。孩子在不断地发抖，父亲不知道他是因为冷还是因为昨夜的惊吓。很明显，孩子觉得所有的人都是被闪电击中后掉进了大海里，而现在他们又回到了原来的船上。

"我们为什么不回自己的房间呢？"他呆呆地看着自己发抖的小身子，有些责怪地加了一句，"我在发抖。"

父亲离开他想去找一点热茶。

当他回来的时候，他妻子正坐在孩子的床边。黛安娜身上裹着一件大人的大衣，艾尔菲身上是一条褐色的毯子，两个人挨着站在沙发旁。埃伯哈特手里端着一个托盘，上面有一壶热茶和一个杯子。他站在门口不敢挪动，生怕眼前的景象突然消失了。小汉内斯看到了爸爸，用他清亮的童音叫了起来。

"我们都在这儿！"他伸出双手叫着，"我们又在一起啦！"

埃伯哈特觉得手上端的盘子要掉下来了，觉得自己已经站不住了。他想双膝跪下，感谢他从未相信过的上帝。他安静地走向一张离小汉内斯的床不远的桌子，无言地放下托盘，又无言地向他妻子伸出了双臂。直到现在，当他把他的妻子抱在怀里，他才相信这一切都是真的。

"我们又在一起了。"他说道。

尾声
事　实

当初作者想为此书起一个可以概括其特点的书名时，她倾向于用"事实"。确实如此，此书中所有的故事、悲剧、人物、事件、进展、法律、统计数字、表达的方式等等，都基于事实。一切都是事实——没有一件事是杜撰的，每一件事都是真实发生过的，都是来自亲历者和最可信的目击者的叙述。

作者在丰富的资料和上百个故事中只选择了相对很少的一部分内容。她非常感谢那些不得不在此书中匿名并且冒险向她提供真实故事的人们。为了在众多的故事中做出艰难的取舍，她遵循了两条原则：

所有的故事都必须是普通人的。这里既没有由一小群手握大权的无赖所犯下的令人发指的罪行，也没有同样是由一小群有理想的德国优秀人物做出的英雄壮举。因为无论罪行还是自我牺牲都不构成主流，而只是特例——这些特例在希特勒先生的第三帝国里并不比在世界其他地方更加罕见。于是，作者决定只讲述真正的普通人的故事。这些人并不比其他人更有权力，也不比其他人更有英雄气概；既没有特殊悲惨的境遇，也不是十恶不赦的恶棍。当战争爆发时德国处于什么情况？德国人民在进入战争时是带着什么样的精神状态、道德准则、经济水平和健康水平？如果想要回答这些问题，必须重塑德国中产阶级当时的生活氛围，而正是这个氛围最终赋予了这本纪实著作一个带有感情色彩的书名：黑暗降临。

由于她只讲述了十个故事，为此她需要能够呈现出使所有这些故事得以发生的黑暗背景，而这个背景是由一些不争的事实所构成的。她觉得只描述在纳粹德国统治下的"某个"律师、"某个"商人、"某个"母亲和"某个"牧师的日常生活是不够的，除非这些描述可以清楚地和令人信服地呈现出，根据纳粹的法令（如书中所引用的）和纳粹的意愿（书中已清楚描述的），这个国家所有的律师、所有的商人、所有的母亲和所有的牧师的生活都必然堕入同一个深渊。

附　录

关于艾瑞卡·曼

艾瑞卡·曼,德国作家、演员、记者。1905 年生于德国慕尼黑,是 1929 年获诺贝尔文学奖的著名小说家托马斯·曼的长女。托马斯·曼在她出生的时候曾在给自己的哥哥亨利希·曼的信中说对生了一个女儿有些失望,因为一个儿子"更有完整的诗意"。但是很多年后,他在日记里承认,在他的六个孩子中,他偏爱长女艾瑞卡和长子克劳斯。艾瑞卡和她的五个弟妹在母亲身边长大,她的家庭属于慕尼黑有影响力的上层阶级,是各种高级知识分子和艺术家经常光顾的地方。

艾瑞卡从小学习戏剧和表演,高中还没有毕业就开始登台演出,并且此后一直活跃在柏林、慕尼黑、汉堡等地的剧院舞台上。1931 年在一部关于女同性恋的电影《穿制服的女孩》中饰演了一个角色。这一年,她因为在一次反战的集会上念了一首诗而遭到纳粹冲锋队的谴责,这使得她所在的剧院为了避免麻烦而开除了她。她起诉了这家剧院和一份由纳粹经营的报纸，而且获得胜诉。这一年她还在一部喜剧电影中饰演了一个导游，并且出版了自己的第一本书《史托菲尔飞跃大洋》(*Stoffel Fliegt Ubers Meer*)，这是她写的第一部儿童文学作品，此后又写过六部。

1933 年纳粹党在德国上台。这一年她和弟弟克劳斯，她的同性恋人特蕾泽·吉泽在慕尼黑创立了一家卡巴莱舞夜总会"胡椒瓶"，她为夜总会编排节目，并自己登台演出，而节目的内容多数是反法西斯的。两个月后，纳粹查封了这家夜总会，艾瑞卡被迫逃到了瑞士的苏黎世。她是曼一家最后一个离开德国的，并且从慕尼黑的家里带走了很多托马斯·曼的手稿。在苏黎世艾瑞卡又重开了"胡椒瓶"，吸引了很多德国的流亡者。

1935 年，纳粹德国要剥夺艾瑞卡的国籍。在此之前她的叔叔亨利希·曼已经被纳粹剥夺了国籍。艾瑞卡询问英国作家克里斯托弗·伊舍伍德愿不愿意和自己结婚，使自己可以获得英国国籍。伊舍伍德拒绝了，但是他提议可以问一下英国诗人 W. H. 奥登，而奥登欣然同意和艾瑞卡结成"策略夫妻"（奥登也是一位同性恋者）。他们于 1935 年结婚。他们从未生活在一起，却一直保持着良好的关系。这段婚姻一直持续到艾瑞卡于 1969 年去世，她还在自己的遗嘱里给奥登留下一小份遗产。奥登在 1936 年还介绍了艾瑞卡的同性恋人德国女演员特蕾泽·吉泽给英国小说家约翰·汉普森。后来他们也结成了夫妻,使吉泽得以逃出德国。1937 年,艾瑞卡移居到纽约。在纽约她和吉泽、弟弟克劳斯,以及一位瑞士作家安妮玛丽·施瓦岑巴赫住在一起,又重开了"胡椒瓶"。在她身边又聚集起一群流亡的艺术家。

1938 年,艾瑞卡和克劳斯开始报道西班牙内战。同年她写的一本抨击纳粹德国教育体制的书《培养野蛮人的学校》(*School for Barbarians*)出版。第二年,她和克劳斯合写的关于著名的德国流亡者的书《逃生》(*Escape to Life*)出版。就在这一年年底,托马斯·曼和克劳斯·曼的日记中都记载了艾瑞卡给他们读了一段她正在写的小说《我们的纳粹小城》,而这本书在 1940 年同时在美国和英国出版,书名改为《黑暗降临》。

第二次世界大战期间,艾瑞卡在伦敦当记者。在纳粹德国空军对英国的大轰炸和英国皇家空军的不列颠保卫战期间,一直为 BBC 做德语广播。盟军在诺曼底登陆以后,她作为随军记者穿越整个欧洲大陆,近距离地报道发生在法国、比利时和荷兰的战斗。1945 年 6 月,她随盟军进入德国,并且是最早进入盟军占领的第一个德国城市亚琛的人之一。

艾瑞卡参加了于 1945 年 11 月开始的纽伦堡审判。她采访了一些被告的律师,并对他们的辩护意见进行了讽刺性的报道。艾瑞卡明确表示法庭对被告的行为采取了纵容的态度,特别是对赫尔曼·戈林。

1946 年 5 月，艾瑞卡离开德国前往加利福尼亚照看他身患肺癌的父亲。她在美国继续撰写和评论关于德国现状的文章。她认为戈林居然自杀成功是一件丑闻，认为去纳粹化的步伐太慢，对某些文化名人过于宽大，比如在整个纳粹统治时期都没有离开过德国的指挥家福特万格勒。她对俄国和对柏林空中走廊的态度使她被归类于在美国的共产党分子。艾瑞卡和弟弟克劳斯都因为政治观点和同性恋受到美国联邦调查局的调查。1949 年，对战后千疮百孔的德国深感沮丧和失望，克劳斯·曼选择了自杀。这件事极大地打击了艾瑞卡。1952 年，由于美国的红色恐怖愈演愈烈，麦卡锡非美活动委员会对曼的家人不断提出指控，迫使艾瑞卡和父母离开美国前往瑞士。在那里她帮助父亲写作，成为了父亲最为依靠和亲近的人。在父亲和弟弟去世以后，艾瑞卡·曼一直负责整理出版他们的著作。她于 1969 年因脑瘤在苏黎世去世，终年六十四岁。死后葬于苏黎世基尔希伯格公墓。